CW00767739

Jérôme Garcin

C'était
tous les jours
tempête

Gallimard

Jérôme Garcin est né à Paris le 4 octobre 1956. Après avoir dirigé les services culturels de *L'Événement du Jeudi* et de *L'Express,* il est depuis 1996 le directeur adjoint de la rédaction du *Nouvel Observateur,* chargé des pages culturelles. Il est également producteur et animateur de l'émission *Le Masque et la Plume* sur France Inter et chroniqueur littéraire à *La Provence.* Son livre *La chute de cheval* a paru en 1998 aux Éditions Gallimard et a reçu le prix Roger-Nimier.

Pour Anne-Marie,
dont Hérault aurait aimé,
sous la passion et les exploits,
l'innocence

Chez cet être singulier, c'était presque tous les jours tempête.

STENDHAL,
Le Rouge et le Noir,
Livre I, chap. 11.

Au fond, ce qu'on reprochait à Hérault de Séchelles, ce fut le sans-façon de ses paroles, sa désinvolture, ses ironies. Robespierre, lui, ne riait pas si souvent.

JEAN PRÉVOST,
Les Épicuriens français.

En 1791, après la fuite en Belgique du comte de Provence, frère de Louis XVI et futur Louis XVIII, qui en avait hérité, le palais du Luxembourg, dont les plafonds se craquellent et les toitures fuient, est saisi au titre de « bien d'émigré » et transformé, deux années plus tard, en « Maison nationale de sûreté ».

Le mobilier et les tableaux sont retirés, des grillages sont apposés aux fenêtres, les salons et même l'oratoire sont découpés en cellules. Parmi d'autres, le maréchal de Noailles-Mouchy, Fabre d'Églantine, Hérault de Séchelles, Camille Desmoulins et Danton se succèdent derrière les barreaux.

Sur les arbres, dans le parc que la duchesse de Berry avait jadis fait clore afin de cacher aux badauds ses fêtes libertines, des pancartes sont clouées par les sans-culottes : « Citoyens, passez votre chemin sans lever les yeux sur les fenêtres de cette maison d'arrêt. »

1

Paris, prison du Luxembourg,
le 16 mars 1794

Madame,

Il fait si froid et vous me manquez déjà. Je voudrais pouvoir vous serrer dans mes bras, vous faire sentir combien je vous aime et sentir que vous m'aimez. Mais je n'étreins que des ombres dans la nuit qui tombe. Je suis enfermé au fond de ce trou humide, poisseux, glaiseux, depuis une dizaine d'heures, et c'est comme si l'on m'y avait oublié depuis des siècles. Je ne souffre pas d'être soudain privé de liberté, je souffre d'être certain de ne jamais la recouvrer.

Avant même qu'on vienne m'arrêter, hier matin, au pied du lit où je n'avais pas fermé l'œil, où j'attendais calmement les séides de Saint-Just, et qu'on me traîne ici comme un malandrin auquel on refuse jusqu'au droit de faire sa toilette, je savais, vous saviez, que mon destin était scellé.

J'ai eu trop d'ambition, me l'a-t-on assez reproché, pour ne pas avoir désormais la faculté de bien mesurer que je n'ai plus d'illusions; ni sur le sort qu'on me réserve, ni sur l'issue de notre amour, ni sur les vertus dont le Comité de salut public, afin d'exécuter ses basses besognes, croit encore devoir se parer. On va s'ingénier à me juger alors que je suis condamné. C'est une machine à tuer que, pour en avoir moi-même rédigé le scrupuleux mode d'emploi, l'avoir réglée avec une science dont je ne me savais pas capable et huilée pour qu'elle fonctionne en douceur, je connais mieux que quiconque.

On me dit qu'un cafard m'a dénoncé. Il doit ressembler à ceux qui rampent dans la cellule d'où je vous écris. Si je le tenais, croyez-moi, je l'écraserais en prenant le temps de l'entendre craquer et souffrir.

Mes geôliers refusent de me livrer son identité. Pour établir que j'ai conspiré contre la République, vous n'ignorez pas, madame, combien il est aisé de produire des faux; les leurs sont des modèles de perversité. J'imagine aussi que l'on va me reprocher d'avoir abrité chez moi, rue Basse-du-Rempart, ce jeune commissaire des guerres, Charles-Ignace Pons de Boutier de Catus, qui avait bien voulu me tenir lieu d'interprète pendant ma mission dans le Haut-Rhin. Quand la police de Robespierre l'a arrêté au pré-

16

texte qu'il serait *prévenu d'émigration*, j'ai compris que mon heure avait sonné. De toutes les façons, même si Catus n'avait pas existé, le Comité de sûreté générale l'aurait inventé. Il faut des traîtres à la Révolution et, lorsqu'elle en manque, elle les fabrique ; je suis donc son homme idéal. Elle m'a retiré ma particule quand je la servais, faisant de moi le citoyen Hérault, elle me la restitue à l'instant de m'exécuter. Si ce n'était tragique, ce serait comique.

Je me défendrai, parce que c'est ma nature et mon métier, et parce que je tiens plus à mon honneur qu'à ma vie, mais vous devez savoir, madame, que c'est peine perdue. Nous ne nous reverrons pas. Nous ne galoperons plus en forêt sur votre impétueux Danseur et mon gentil Royal, épaule contre épaule, cuisse contre cuisse, botte à botte, notre sueur mêlée à la bave blanche de nos chevaux et nos cœurs saccadés battant à l'unisson. Jamais, depuis qu'on m'a verrouillé et privé du vent qui siffle, des bois qui défilent, de la plaine qui rejoint le ciel, l'ivresse de ces cavalcades ne m'a tant manqué, où nous faisions l'amour sans poser pied à terre. Me pardonnerez-vous si je vous avoue que je ne sais, de vos longues cuisses blanches ou des flancs musculeux de mon cheval, ce que mes jambes regrettent le plus de ne pouvoir serrer ?

Parce que mon corps est sans emploi, je comprends pour la première fois ce que mon esprit lui doit. Finalement, je n'ai jamais travaillé qu'en mouvement et n'ai su vivre que dans l'urgence. J'ai été un fol impatient. Je confondais le jour et la nuit, la règle et le plaisir, l'éloquence et la conviction, le théâtre et la vie, mes amis et mes adversaires. Je me croyais imputrescible. Je me négligeais. Et il est trop tard, maintenant, pour me corriger.

J'ai trente-quatre ans et je suis seul. Si seul, madame. J'entends, derrière le mur qui me sépare et me protège d'eux, les civilités de mes compagnons d'infortune. Ils font salon dans la crasse et conservent l'étiquette derrière les barreaux. La voix du maréchal de Mouchy commande des armées fantômes. La duchesse d'Orléans, la vicomtesse de Noailles et madame de Lafayette ont sauvé du désastre un service à thé, et la conversation sucrée qui l'accompagne. Je les plains. Il ne suffit pas que le marquis de Fleury et le duc de Gesvres composent de mauvais poèmes, il faut aussi qu'ils les déclament. Le président de Nicolaï joue aux dames, et se plaît à séduire celles qui passent, même si elles ne se lavent plus. Un tel art de feindre, une si naturelle faculté à prolonger jusque dans ce cloaque le protocole de l'oisiveté qui a fondé leur vie forcent mon accablement, mon dégoût et ma compassion. Ils monteront sur l'échafaud comme ils allaient à la messe, la tête haute, trop parfumée, la main légère et le pied verni, se frayant un passage au milieu du bon peuple, dans un froufroutement satisfait et méprisant.

18

Et ils porteront encore leurs masques vénitiens au tombeau.

Ils m'ont délégué le comte de Mirepoix pour me convaincre de me mêler à leurs divertissements, d'agrémenter, par le récit de mes palinodies, leur badinage carcéral. Je l'ai éconduit poliment — c'est bien la seule fois que j'ai eu l'illusion d'être encore chez moi. C'est que mon repli les indispose, ma solitude les angoisse.

Hier, ils me vouaient aux gémonies, vitupéraient ma déloyauté, raillaient mon apostasie, m'accusaient d'avoir renié mes origines, rédigé la Constitution de l'an I et sacrifié au culte des idoles en stuc peint; aujourd'hui, ils voudraient que je fusse l'un des leurs pour jouer au fond d'une geôle, sur un air de Lully, la comédie du bon vieux temps. Mais je n'appartiens ni à la noblesse de robe dont je suis issu, ni à la Révolution pour laquelle seule mon arrogance avait de l'inclination. Cette pauvre fille échevelée dont j'aimais la sauvagerie, je l'ai épousée par intérêt plus que par amour. Et aussi par curiosité, celle qui nous attire vers des formes qu'on ne connaît pas, et qui nous excitent parce qu'on ne les connaît pas. La vérité est que je suis de nulle part et j'en suis fier. J'ai bien écrit un traité de l'ambition, mais je n'ai jamais été capable de l'appliquer. Ma courte vie a ruiné ma théorie. Je suis mon propre échec. Et je joue seul, ici, à la galoche, lançant mes gros sous sur le bouchon de liège avec une indifférence qui effraie les spectateurs de ce jeu puéril.

J'imagine le bonheur qu'éprouvent déjà mes juges à savoir qu'ils vont couper non seulement une tête bien pleine, mais aussi un visage dont ces monstres vérolés n'ont jamais supporté qu'il plût. Le Comité était un zoo où tous ces animaux-là, persuadés que le charme appelle la débauche, qu'une mine séduisante refuse le progrès, que l'on reconnaît un traître à ses mains fines et blanches, me regardaient avec dégoût.

Car j'ai eu beau les servir, mon corps, plus grand, plus fort, mais aussi plus fin, ne laissait pas de leur rappeler que j'étais bien né ; comme si l'idéal révolutionnaire réclamait un physique disgracieux, des traits repoussants, une France laide. Plus j'y pense, plus je suis convaincu que leur guillotine va trouver avec moi son meilleur usage : c'est le cadavre déchiqueté de l'aristocratie qu'ils veulent exposer. L'histoire ne retiendra de tout cela que les prétendus errements qui s'attachent à la politique ; mais ce n'était qu'une question de chair, d'allure et de jalousie.

Madame, je n'ai plus que vous pour espérer ne pas disparaître après la boucherie qui s'annonce. On a accepté de me donner une plume, de l'encre et du papier. Il me reste quelques jours pour vous dire qui j'ai été. Nous nous sommes trop aimés pour trouver le temps de nous connaître. Peut-être, après m'avoir lu, découvrant mon âme sous le visage que vous caressiez avec des doigts de harpiste, me retirerez-vous les sentiments dont vous avez bien voulu m'honorer. Du moins, à la veille de mourir, n'aurai-je pas triché avec moi-même, avec vous, avec nous.

Acceptez, je vous prie, cette confession, que je ne saurais écrire si elle ne vous était destinée, comme le témoignage de l'ardente passion que vous m'avez inspirée, la seule révolution qui ait fait battre mon cœur. Gardez-le bien, après que le couperet m'aura fauché, car il est à vous, et rien qu'à vous.

Je me suis moins détesté dans vos yeux.

Je me dédaigne moins dans votre souvenir.

Je vous aime pour toujours.

Marie-Jean

2

Je vous dois la vérité, madame. Longtemps, je n'ai loué la vertu que dans le style. Plus je me vantais d'être fidèle à la grammaire, moins je l'étais aux femmes. Je m'étais mis dans la tête que les grands hommes vivent toujours seuls, qu'ils ont le besoin et le goût de la retraite, et qu'ils n'en sortent que dans leurs actions publiques et solennelles.

Jusqu'au jour où je vous ai rencontrée, et où vous avez bien voulu me rendre les nobles sentiments que vous me dictiez, je me regardais aimer. Dieu que j'ai dû paraître odieux! Je ne me le pardonne pas. Parce que la prison réveille les souvenirs, les grossit, les dispose dans l'intimité aussi nettement que des bibelots sous la lumière des quinquets, je ne me reconnais pas dans le rodomont qui prenait les cœurs comme des places fortes pour mieux se promener en vainqueur, et au pas d'école, dans les ruines d'une passion éteinte.

Avec quelle pauvre petite fierté ai-je arboré, au Parlement, la ceinture noire que Marie-Antoinette avait signée de son parfum suspect ! De quelle indélicate autorité ai-je donc été capable pour obtenir de mes maîtresses qu'elles fussent toutes habillées de jaune et de violet afin qu'on les distinguât bien en ville et qu'on ne manquât jamais de me les attribuer comme, à son écuyer, un piquet de juments alezanes marquées au fer rouge ? Par quelle inconscience ai-je persisté après la Révolution à parader et, après vous avoir rencontrée, à en rajouter, poussant le vice — j'y reviendrai malheureusement plus tard — jusqu'à vous être infidèle et rentrer d'une mission en Savoie au bras de la comtesse Adèle de Bellegarde (elle avait pour elle d'être jolie, mais, contre elle, d'être l'épouse d'un officier en guerre contre la France que je trompais, en somme, dans le lit de l'ennemi) ?

Il y a trois ans, je me souviens même de m'être procuré, pour vingt-quatre sous, l'*Almanach des adresses des demoiselles de Paris de tout genre et de toutes les classes*. Sur les nombreux ouvrages érotiques que contenait ma bibliothèque et que vous feuilletiez, certains soirs, avec une innocente douceur, ce calendrier du plaisir avait l'avantage de donner un prix aux charmes qu'il exaltait et une adresse aux prêtresses de Vénus qu'il répertoriait. Cet *Almanach*, madame, puisque je me suis juré de tout vous dire, je ne l'ai pas seulement lu, je l'ai expérimenté : tout était vrai. Je m'en suis donné à corps joie. M'en ouvrir à vous alourdit mon remords, mais cette contrition tardive l'exige.

Ainsi, je me rappelle une mademoiselle Lescot qui prodiguait, rue de la Tour-d'Auvergne, un amour métallique ; une mademoiselle Duval qui, après avoir allégé la légion de Maillebois, m'avait délesté avec les gestes qui sauvent ; une autre, dont j'ai oublié le nom, savait l'Arétin par cœur, j'avais l'impression d'être son souffleur ; et les sœurs Durafour, chez le tapissier de la rue aux Fers, qui valaient douze livres si elles étaient prises séparément, dix-huit ensemble ; et mademoiselle Dupré, dans sa chambrette de la rue de Richelieu où elle brûlait de l'encens, qui faisait l'amour comme une religieuse, c'est-à-dire avec fureur, réclamant jusque dans le plaisir une souffrance expiatoire. Ces filles-là me changeaient des courtisanes. Elles avaient un vice en moins, l'hypocrisie.

Pendant des semaines, mon guide à la main, j'ai arpenté Paris, couru les fauvettes aux pieds froids, les coiffeuses à la toison touffue, les grisettes à la bouche étroite, les danseuses au petit calibristi, les mulâtresses à la gorge profonde, les actrices au cri perçant, les lingères aux draps épais et même des ursulines, qui gémissaient comme des novices et appelaient leur Dieu avec des larmes coupables. Ah, l'infernal et nauséabond pèlerinage ! Mais le pire, voyez-vous, c'est que d'être reconnu par les députés, les banquiers ou les prélats tapis dans cette ombre sale augmentait ma jouissance, ajoutait à ma vanité. Même aussi bas, je trouvais encore le moyen de plastronner. La plus belle reine et les moins économes des filles ravivaient donc chez moi le travers que vous seule avez su redresser : une orgueilleuse frivolité où passait, dans le mépris des autres, le dégoût de moi.

Je peux maintenant vous l'avouer, j'ai su que je vous aimais, ma douce et tendre, quand j'ai soudain réalisé que je n'avais plus le souci de m'en flatter. Je vous préférais à moi. Je ne pensais qu'à protéger notre secret. Vous m'étiez trop précieuse pour que je prisse le risque de laisser accroire que je vous possédais.

Il s'en est pourtant fallu de peu que l'on ne s'ignorât. Le soir d'automne où je vous ai vue pour la première fois, c'était le 12 octobre de 1792 et j'étais animé de tristes desseins. J'avais pris le chemin du Palais-Royal pour trouver, dans les bras des nymphes qui en ont fait leur quartier général, de quoi pallier mon désœuvrement. Gourmand, je musardais comme si j'allais aux fraises. Le hasard m'a fait entrer, au numéro 50, dans la maison de jeu où vous teniez alors un rôle si grand que vous sembliez la gouverner. Je dis le hasard, mais, à parler franc, la rumeur y était aussi pour quelque chose.

Qu'une madame de Sainte-Amaranthe, fille du marquis de Saint-Simon à laquelle le prince de Conti et le vicomte de Pons n'avaient point été indifférents, animât un cercle, que l'on suivît sa robe lustrée et son parfum de rose thé jusqu'au tapis vert, et qu'elle y présidât le souper quotidien vous valait, de l'Assemblée au Parlement, du club des Jacobins au comité de Constitution, un début de légende. Pardon de vous relater ce que vous savez mieux que quiconque, mais l'écrire me réconforte et nous rapproche; coucher, pour vous, nos souvenirs me donne l'illusion que je m'évade de cette prison. Suis-je bête, je ne me savais pas si sentimental! Avant vous, je ne me souciais que de mon avenir. Maintenant, je m'accroche à mon passé, c'est mon dernier trésor.

On parlait donc beaucoup de vous dans Paris. Nul n'ignorait que vous aviez épousé, à treize ans, cet officier de cavalerie dont vous portez toujours le nom. Chez lui, me disiez-vous, c'est le cheval, et non l'homme, qui vous avait d'emblée conquise. À cet inconstant, entre deux campagnes où il ne s'illustra guère, à ce flambeur qui trouva le moyen de gaspiller sa fortune et la vôtre avant de s'enfuir lâchement en Espagne — où il serait aujourd'hui cocher de fiacre! —, à cet ingrat qui n'a jamais porté son regard sur les deux enfants que vous avez eu le courage ou la faiblesse de lui donner, à ce pathétique Fregoli, pourtant, vous savez gré d'un privilège, un seul : il vous a mise en selle, et cela n'a pas de prix, et cela ne s'oublie pas. Il vous a fait comprendre le voluptueux mouvement du bassin, la finesse des aides, le secret du *rassemblé*, et la bouleversante fidélité de cet animal avec lequel, de ce point de vue, il est vrai qu'il ne pouvait guère prétendre rivaliser. Somme toute, je lui suis reconnaissant de vous avoir initiée à cet art où nous nous sommes reconnus, et convertie à cette religion qui nous a unis.

Au 50 du Palais-Royal, c'est peu dire que vous étiez entourée, on vous y vénérait. Dans cet élégant tripot qui fleurait le vieil armagnac et le tabac hollandais, les survivants de l'Ancien Régime, tous nostalgiques de l'obséquiosité, prolongeaient leurs manières de courtisans, retrouvaient l'art de la courbette et le goût du bon mot. Sujets orphelins et flatteurs sans objet, ils vous prêtaient, madame, des vertus princières et vous leur accordiez, en retour, une hautaine indulgence. C'était le jeu, et vous jouiez très bien.

Car vous n'avez jamais été davantage comédienne que sur cette petite scène installée dans l'ombre portée de la Maison de Molière. Vous excelliez à rabrouer les importants, à charmer les timides, à mentir aux menteurs, à révéler de fausses confidences, à cacher la vérité, à semer la zizanie, à réconcilier les ennemis, à réveiller les assoupis, à endormir les bavards, à faire parler les pudiques, à sourire de l'œil, à trembler des lèvres et, d'une main cardinalice, à toujours conduire la conversation en feignant, légère et souple, d'être portée par elle. Je vous regardais briller avec cette fascination qu'a l'enfant pour la Grande Ourse ou l'étoile du Berger. À l'heure du souper, c'était à qui, de monsieur de Maupeou, de monsieur de Miromesnil, de monsieur Lajard de Chercal, de monsieur de Rivarol ou de monsieur Lepeletier de Saint-Fargeau, aurait le privilège d'être assis à vos côtés. Et à mon tour, je briguai le fauteuil qui rapprocherait mon pied du vôtre et ma main de votre gorge.

Votre autorité et votre charme étaient tels que ces messieurs affectaient d'ignorer celle qui, chaque soir, eût mérité de vous les voler, comme mademoiselle Julie de Lespinasse détourna vers ses appartements privés les fidèles du salon de madame la marquise du Deffand, je veux parler de votre fille, la ravissante Émilie. C'est que, sur cette jeune beauté trop parfaite pour être bousculée, vous aviez l'avantage d'être à la fois désirante et désirable. Émilie, c'était encore une aurore laiteuse. Vous, tout l'éclat du soleil à son zénith. Dans les choses de l'amour, qui me préoccupaient tant, je devinais la préceptrice, je rêvais déjà d'être votre élève.

Car vous aviez huit ans de plus que moi, des yeux verts, une taille exquise, des poignets longs et graciles, une bouche mutine, boudeuse, affamée, que rehaussait un chavirant grain de beauté. Non, je ne tombai pas amoureux (il m'était tant de fois arrivé de chuter), j'aimais simplement. C'était une évidence. Jamais une femme n'avait eu, sur moi, un tel empire. Vous m'impressionniez. J'avais déjà peur de vous décevoir, de n'être point digne de vous. Je ne comptais pourtant plus les femmes que j'avais eues et soudain, je me trouvais maladroit, je me sentais puceau. Vous en avez aussitôt profité.

Pour mesurer la qualité de mon emportement et briser en même temps l'intrépidité masculine que mes états de service m'assuraient dans Paris, vous vous êtes appliquée, ce soir-là, à réserver toutes vos attentions à monsieur Aucane, ce créole présomptueux dont, moyennant une fortune, vous consentiez à honorer de votre présence la maison de jeu. D'un œil, vous le cajoliez, de l'autre, vous me jaugiez. Je bouillais. J'étais habitué à ce que l'on me cédât, j'ignorais encore la fameuse tactique du refus, la redoutable technique de l'indifférence. Je vous connaissais à peine, et déjà la jalousie me dévorait. Quand, à l'aube, vous avez regagné, au bras de monsieur Aucane et sous mes yeux, votre hôtel de la rue Vivienne, j'étais fait. Vous veniez de vaincre un conquérant et de planter, dans mon cœur, votre joli gonfalon. Il y est toujours, madame, et flotte à la brise du Luxembourg. Par les barreaux de ma cellule, elle porte les premiers parfums du printemps, un doux mélange de tilleul et d'abricot, jusqu'à l'antichambre de ma mort.

3

Deux mois après vous avoir rencontrée, je fus
élu à la présidence de la Convention. Vous
m'avez aussitôt fait remarquer, avec une petite
moue persifleuse, que décidément je ne lambi-
nais ni en amour ni en politique, et que, telles
deux rivales se disputant mon cœur, le premier
eût parfois de bonnes raisons de jalouser la
seconde. « Dans votre promptitude, mon ami,
prenez-vous seulement le temps de goûter le
plaisir du succès ? » Par crainte de vous mentir
déjà, je n'ai pas pris celui de vous répondre.

Mon premier geste officiel, je m'en souviens,
fut d'accueillir les membres de l'assemblée des
Allobroges qui demandaient leur rattachement à
la France. J'en fis une affaire personnelle. Moi
qui avais été humilié, emprisonné, puis chassé
par la soldatesque du roi de Piémont-Sardaigne,
je trouvai assez piquant de pouvoir déclamer
avec une sérénité de ma composition : « Quel
beau spectacle, la France embrassant la Savoie !

Le drapeau tricolore flottant sur les neiges du Mont-Cenis! Les gouvernements, les sénats et les rois fuyant dans le lointain et les peuples assis dans l'ombre se relevant partout au flambeau de la philosophie!»

Il ne me suffisait point de prendre ma revanche oralement; je voulais aussi donner de ma personne. Il me tardait en effet d'éprouver, de frotter, d'exercer ma jeune gloire sur le terrain. Je m'appliquai donc à ce que l'on me confiât la charge de créer, en Savoie, le quatre-vingt-quatrième département français. J'avais l'excitante impression d'être un prince de la République. Vous voyez par là que, dans mon intrépidité révolutionnaire, je n'avais pas encore abdiqué mes anciens privilèges.

Nous avons dîné, madame, et nous sommes dit adieu comme deux jeunes amants qui promettent de souvent s'écrire et, chaque jour, de penser à l'autre en fermant les yeux, à heure fixe.

Le lendemain matin, c'était le trois décembre de 1792, je partis pour le Mont-Blanc. Le Comité de salut public m'avait infligé trois compagnons de mission, Grégoire, évêque de Blois, Simond, vicaire général du diocèse du Haut-Rhin, et Jagot, ancien juge de paix à Nantua. J'y ajoutai votre portrait, madame, seule présence féminine dans cette voiture qui sentait fort le bouc et la vieille soutane. Pas une fois, je ne fis circuler ce médaillon; c'eût été trahir notre amour tout neuf.

Le dix décembre, nous fûmes à Lyon. Le treize, nous nous changeâmes dans une auberge et mîmes, pour la cérémonie, de beaux habits. Le quatorze, sous une neige abondante qui se voulait festive, nous entrâmes dans Chambéry, où le clergé constitutionnel fit sonner toutes ses cloches et le général de Montesquiou, tonner quatre-vingt-quatre fois son canon. Je m'étais contenté de traverser la France en somnolant, on m'acclama comme si j'avais gagné une guerre. C'était le peuple, qui fêtait la fuite de la noblesse et la déroute de l'armée piémontaise menée par le marquis de Cordon. Mon ennemi avait du goût : je réquisitionnai aussitôt son bel hôtel particulier. En somme, je régnais sur une ville décapitée.

Je vous avoue, madame, que pendant les premières semaines, je n'ai pas eu le temps de vous regretter, trop occupé que j'étais à réorganiser la défense pour prévenir une riposte de Victor-Amédée, à promulguer les lois républicaines, à imposer l'assignat, à libérer la presse, à découper le département en petits morceaux de communes et cantons (cela m'évoquait mon enfance, quand je jouais au puzzle sur le tapis de ma chambre), à composer des hymnes à la Raison que je faisais chanter au bord du lac sur des mélodies de Gluck (c'est ce qui m'ennuyait le plus), à pourfendre l'irréductible Joseph de Maistre, à nettoyer Thônes des Sardes, enfin à surveiller le général Kellermann, commandant en chef de l'armée des Alpes, que, dans une lettre sans appel, bien dans le ton du jour, Basire avait soudain décrété « suspect ». Il me fallait en outre rendre compte aux Tuileries de mes succès que, par des formules d'habile rhétorique, j'attribuais à la seule Convention. Si j'étais, par écrit, son humble serviteur, j'officiais, en réalité, comme un gouverneur, une manière de proconsul (c'était, je vous le rappelle, au début de 1793 : j'exerçais une autorité souveraine, mais je me gardais bien d'être tyrannique. Je remplissais plus volontiers les prisons que je ne condamnais à mort. Plus tard, j'ai appris à manier la terreur et même à aimer le goût du sang).

À la fin du mois de janvier, l'ordre régnait enfin. Je n'étais pas pressé de rentrer à Paris, où l'on venait de guillotiner Louis Capet. Je n'ai jamais supporté les enterrements. Certes, vous me manquiez, mais j'étais convaincu que je ne vous manquais point. Je vous imaginais rire en galante compagnie au Palais-Royal ou respirer, seule avec votre cheval, l'air de la campagne. Entre cette comédie des sentiments et cette cérémonie des adieux, il m'arrivait de me demander, lorsque j'escaladais les montagnes dans le crépuscule ou caressais le clavecin de madame de Warens aux Charmettes, s'il y avait une place pour moi, commissaire en mission que l'ardeur au travail avait insensiblement éloigné de vos prévenantes dispositions.

Est-ce que je cherche ainsi à me justifier à vos

yeux, à trouver une raison à ma faute que j'eusse dû vous avouer quand j'étais encore un homme libre? Car l'aveu qui va suivre me coûte, mais il est trop tard pour se mentir. Je vous ai aimée, madame, et je vous ai trompée. Je vous ai trompée, madame, et je ne vous ai que plus aimée. Il y a là-dedans quelque chose qui m'échappe, m'accable et m'obsède.

C'était un dimanche d'avril. Parce que, dans Chambéry où elles portaient le bonnet rouge et la carmagnole avec ostentation, faisaient claquer des sabots trop neufs sur le pavé, montraient qu'elles aimaient à voir défiler la France, les sœurs de Bellegarde exaltaient le patriotisme, j'avais accepté leur invitation au château des Marches. Cela tenait de la propagande : l'on m'avait en effet conseillé de me *faire voir* aux côtés de ces deux jeunes femmes, Adèle, vingt ans, et Aurore, dix-neuf ans, qui incarnaient avec une grâce insolente le ralliement de la noblesse à notre République. Tout, chez elles, devait servir notre cause et favoriser mon entreprise.

Orphelines et très riches, elles appartenaient à l'une des plus anciennes familles de Savoie. Après avoir fui la Révolution, elles étaient revenues, avec le sourire, dans leur hôtel de Chambéry et leur château des Marches à l'automne de 1792. Aurore faisait volontiers savoir qu'elle était à marier. Adèle avait épousé son cousin germain, Frédéric de Bellegarde, colonel dans l'armée du

Piémont, mais elle l'avait abandonné pour céder aux beaux yeux de notre République. C'est dire combien je devais prendre un soin particulier de ces deux sœurs qui, par leur comportement, plaidaient plus pour nous que toutes les feuilles inflammables, les *Père Duchesne* ou les *Révolutions de France et de Brabant*.

Le soleil étincelait sur les Alpes quand j'arrivai aux Marches, une ancienne forteresse bordée de grosses tours rondes, agrémentée de fenêtres à meneaux et augmentée de jardins étagés en terrasses. Sur l'épi de faîtage ondoyait mollement un drapeau tricolore.

On me conduisit dans un immense salon où je fus accueilli, au milieu de grandes fresques mythologiques, par ces deux jeunes inconnues dont l'ardeur et la verve jacobines ajoutaient à la beauté. De cette beauté parfaite à laquelle manquent, pour émouvoir, une légère imperfection, une infime faute de goût, une discrète humanité. Aurore était blonde comme le miel d'acacia, Adèle plus brune qu'une Sabine. Elles avaient la même taille fine. C'était d'autant plus surprenant qu'Adèle avait mis au monde deux enfants, restés sous la garde transalpine de son époux ; elle ne paraissait d'ailleurs pas les regretter. Sans père ni mère, séparée des siens, infidèle à son colonel et ses convictions royalistes, Adèle profitait de la Révolution pour s'inventer une nouvelle vie.

Ce jour-là, elle ne prit pas la peine de me

séduire, elle me désigna d'office comme son chevalier servant. Pour m'éloigner de ses nombreux invités, elle me fit visiter son château de fond en comble, prit un malin plaisir à faire l'éloge de ses aïeux dans la haute galerie des portraits, et, parvenue dans sa chambre, se donna à moi dans le lit à baldaquin avec une fougue qu'il ne m'est pas venu à l'esprit de tempérer. Je n'ai jamais su résister au plaisir. Un inexplicable réflexe me pousse toujours à saisir le bonheur lorsqu'il se présente, certain qu'il ne se représentera pas une seconde fois ou plutôt que, s'il revient, je ne serai plus là. Au salon, où l'on nous attendait en buvant du vin blanc, nous fûmes applaudis tels des comédiens. Plus Adèle cabotinait, plus j'étais mal à l'aise. La mise en scène était trop voyante. Et j'avais dévoré son corps en pensant à vous.

Pendant un mois, notre liaison fut connue de tout le pays de Savoie, et mon remords de moi seul. Adèle brûlait les lettres de son mari, que la jalousie avait rendu d'abord combatif, ensuite menaçant. Je gardais au contraire les vôtres comme autant de preuves de ma vilenie. Elle ne s'arrêtait pas là : certaines nuits, en effet, Aurore se mêlait à nos ébats, éclairait de sa blondeur notre fatale obscurité. J'avais le sentiment de me perdre. C'était délicieux et affreux à la fois. Je me dégoûtais. Sans compter que, à moins m'y consacrer, ma mission commençait de mal tourner. Le nouveau département rejetait mes assignats, des émigrés aidés par les Suisses s'infiltraient pour monter la population et les prêtres réfractaires contre mes hommes, des écrits pernicieux sortaient chaque semaine des presses de Genève, cette Sodome politique, où l'on me traitait de « noir aristocrate », de « vil bâtard de la nation », et la fête civique d'Annecy fut un désastre : une atmosphère glaciale, un public clairsemé et, pour finir, l'autel de la patrie renversé par le fœhn. J'ai même dû amener deux pièces de canon devant l'église de Saint-Léger pour obliger les curés, qui rechignaient à nommer leur nouvel évêque ! Désabusé, je retournai aux Charmettes, mon refuge et ma loi, pour y apposer une plaque de marbre blanc sur laquelle j'avais fait graver ces vers :

> *Réduit par Jean-Jacques habité*
> *Tu me rappelles son génie,*
> *Sa solitude, sa fierté,*
> *Et ses malheurs et sa folie.*
> *À la gloire, à la vérité,*
> *Il osa consacrer sa vie,*
> *Et fut toujours persécuté*
> *Ou par lui-même ou par l'envie.*

Le dix mai, je décidai de rentrer à Paris. C'était, j'en conviens, une manière de débandade. Adèle et Aurore me supplièrent de les emmener avec moi. Elles s'étaient trop compromises en ma compagnie pour ne pas craindre, à juste titre, d'être l'objet de représailles après mon départ. J'acceptai. Durant le voyage, j'annonçai à Adèle que notre aventure ne passerait pas les faubourgs de la capitale. Je lui ai même avoué que vous seule comptiez pour moi. Elle pleura comme une enfant. « J'ai tout sacrifié pour vous », répétait-elle entre deux sanglots. J'aurais dû me montrer ému, j'étais exaspéré. À l'arrivée, je confiai les hagardes demoiselles de Bellegarde à madame de Staël qui, après les avoir déshabillées de son regard noir, m'assura pouvoir tirer de ces provinciales de très convenables salonnières.

Voilà, madame, si je ne vous ai rien dit de ce voyage à mon retour, je ne vous en cache rien aujourd'hui. J'ai été détourné de vous comme un soldat en campagne, épuisé et sans penser au lendemain, cède dans une grange à ses démons. Je n'ai plus jamais revu Adèle de Bellegarde. On m'a fait savoir qu'elle persistait à croire qu'un jour, je lui reviendrais. J'ai donc fait deux fois le mal, en vous trompant avec une femme que je n'aimais pas.

4

Je n'ai pas fermé l'œil de la nuit. Un bruit de chaînes qu'on traîne sur le pavé, dont j'ignore encore s'il est réel ou imaginaire, m'a poursuivi d'heure en heure. Trop d'idées noires, un épuisant sentiment de gâchis, l'envie d'en finir. Mais je n'ai même pas ce courage-là.

Je ne regrette pas d'avoir aspiré à la gloire dès mon plus jeune âge ni d'avoir échoué dans mes prétentions, je déplore seulement de n'être point parvenu à témoigner par mon exemple, à inférer de ma vie, combien était juste la théorie de l'ambition que j'avais secrètement élaborée.

Longtemps encore, je le sais, on se gaussera de moi, d'un orgueilleux timide qui avait conçu, à trente ans, une si parfaite mathématique de la réussite pour croupir, cinq printemps plus tard, dans une prison de gueux, pour être humilié et condamné par des juges illettrés, et puis l'on m'oubliera, et ce sera ma seconde mort.

Pourtant, même à la veille du supplice, je persiste et signe. En politique comme ailleurs, y compris en amour, le succès est à ceux qui savent jouer, sur la scène publique, des rôles de composition et connaissent les lois de l'éloquence. Je crois la rhétorique plus forte que les idées. Je crois le mensonge plus prégnant que la sincérité. Je crois qu'il faut apprendre très tôt à taire ses enthousiasmes, ses détestations, et même ses idéaux; ne jamais offrir à l'ennemi l'occasion de vous percer. La franchise, qui est d'ailleurs une illusion, ne m'a jamais valu que d'être méprisé et davantage critiqué. Je crois que l'habit fait le moine, que l'acteur est dans ce qu'il proclame et dans les poses qu'il ne laisse de prendre sous des costumes d'emprunt. Je l'ai écrit un jour, et je m'y tiens : « Le babillard qui laisse éventer son secret est un sot. Le taciturne qui, à force de se taire, rend les autres discrets, l'est un peu moins; le babillard discret qui ne tait que son secret, recueille le bien d'autrui, en gardant le sien. »

Je suis toujours parti du principe que le monde dans lequel je vivais était corrompu (qu'il fût coiffé d'une couronne ou d'un bonnet phrygien n'y changeait rien) et qu'il était non seulement ridicule mais surtout vain de lui opposer une morale. L'Histoire nous a appris que la vertu ne peut rien contre le vice et que, pour triompher des cyniques, il s'agit d'être plus cynique encore; et Molière nous a enseigné que, pour empêcher Tartuffe de nuire, mieux vaut être le roi, parangon des hypocrites, que l'intègre Elmire.

Ma chance — aujourd'hui qu'elle a si fort tourné, ce mot doit vous faire sourire, même s'il y a une infinie tristesse dans ce sourire — est d'avoir compris très tôt que, sans les principes qui la définissent et la méthode qui la conduit, l'ambition était une aspiration vaine.

Chez les oratoriens de Juilly, où pour tromper l'ennui, abuser mes condisciples Duport, de Bonald, de Clotz, et m'exercer déjà au pharisaïsme, je chantais matines avec des larmes dans les yeux — il est vrai que je les avais préalablement humectés de citron —, je me souviens d'avoir rédigé, sous la bure, un petit traité dont je me suis inspiré plus tard pour énoncer ma *Théorie de l'ambition*. Aux bons pères qui nous prescrivaient de mener une vie probe et altruiste, j'avais emprunté le style coercitif. Mais là où ils commandaient l'humilité, je m'imposais la vanité ; là où ils exigeaient l'intégrité, je travaillais la fourberie ; là où ils voulaient de la fidélité, j'en appelais à l'inconstance. Mon décalogue inversé m'ouvrait des perspectives insoupçonnées au bout desquelles, par beau temps, brillait la gloire.

J'avais quatorze ans et, comme à un combat, je me préparais à être aimé, envié, jalousé. Cela m'excitait fort. De jeter chaque soir, sur un cahier que je cachais ensuite sous mon lit, les maximes qui dicteraient ma carrière, calmait, dans ce collège austère où l'on préconisait d'avoir une mine pénitente, ma redoutable impatience. Car je savais mon temps compté. J'ai toujours eu l'intuition, en effet, que je ne vieillirais pas, que je serais fauché dans la fleur de l'âge, que je serais *empêché*. En somme, j'aspirais d'autant plus à la renommée qu'elle serait fugace et que je n'en jouirais point. De là, sans doute, ma nature, qui est d'un enthousiaste mélancolique.

Pour mener à bien mon entreprise, il convenait, en premier lieu, d'avoir de la prestance. C'était facile. Je sais gré en effet à la nature de m'avoir doté d'un joli visage qui plaisait aux femmes, mes alliées, et d'un bon mètre quatre-vingt-cinq grâce auquel j'ai toujours dominé mes rivaux et rassuré mes protecteurs. Le baron de Frénilly disait de moi que j'étais « l'idole des belles et l'enfant gâté de la Renommée »; l'Almanach de Troyes, pour sa part, vantait ma « taille élancée » ainsi que ma « figure d'une beauté mâle et imposante ». Tout cela me divertissait.

Mais les épithètes flatteuses me semblant suspectes, je m'enhardis à réclamer l'impartialité d'un savant. Ayant appris que monsieur Lavater excellait dans la physiognomonie, qu'il lisait le caractère et même l'avenir sur les visages, je me rappelle lui avoir fait porter, en Suisse, deux portraits de moi afin de pouvoir évaluer les qualités de sa science et, en même temps, d'obtenir de lui les conseils que je devrais appliquer au

Châtelet. Si sa réponse, datée de 1784, ne m'a pas éclairé, elle m'a convaincu : « Vous n'avez jamais à chercher de gagner les cœurs, m'écrivit-il, mais il vous faut de l'attention et une force d'âme, une discrétion vertueuse, pour ne les gagner trop. Soyez sur vos gardes, cher Hérault, les femmes vous adoreront, vous déchireront, vous anéantiront ! Vous réunissez trop de qualités enchantantes, mais votre cœur si noble, vos sentiments si humains, votre ambition si élastique, votre vertu si grave vous pourront garder de cet anéantissement de vous-même et de toute la grandeur d'âme que la nature vous a donnée. Votre imagination inflammable sera votre bonheur et votre malheur. Vous aurez infiniment à souffrir ; mais vous saurez aussi goûter et jouir comme très peu. Votre droiture vous servira d'énergie d'âme et votre esprit — quoique admiré et flatté — ne vous gâtera pas. »

Peu de temps après, je suis allé à Zurich afin que monsieur Lavater m'enseignât lui-même les rudiments de son art et les secrets de sa technique. J'ai ainsi appris, en lisant sur les visages, à démasquer le perfide, à prévenir le traître et à m'acoquiner avec le loyal. Cela devait m'être d'une grande utilité et, au Comité de salut public, d'une nécessité vitale.

Pour réussir, je pensais également qu'il me fallait maîtriser toutes les lois de la rhétorique. Je l'ai apprise chez les maîtres grecs, chez Rousseau, chez Montesquieu, chez Frédéric II, chez

Necker et dans *Les Liaisons dangereuses*, le roman d'un officier que j'accompagnais souvent sur ses plus beaux champs de bataille : les alcôves et les lits à baldaquin. Je n'avais pas vingt ans quand je me suis exercé à mon tour à ce que mon style gouvernât et parfois précédât même ma pensée.

C'était en 1778. L'Académie française avait mis en concours un *Éloge de Suger*. Je n'avais encore jamais écrit de discours, et la chose m'amusait. La personnalité de Suger, ambassadeur de Louis VI auprès de la papauté, abbé de Saint-Denis et régent du Royaume tandis que Louis VII était aux croisades, me fut en effet prétexte à me moquer des seigneurs féodaux, réduire les nobles à « de fameux brigands » et vanter les mérites d'un sage qui avait travaillé au bonheur du peuple. Mon texte déplut beaucoup à ma famille. Elle connaissait mes idées, elle ne supporta pas de les voir imprimées. Je venais de découvrir la puissance de l'écrit et l'autorité singulière qu'il confère à ceux qui savent en user. « Marie-Jean, je préférerais vous voir tenir une épée qu'une plume », m'avait dit ma mère, qui se flattait de ne pas fréquenter les littérateurs et prétendait n'être fidèle qu'à un seul livre, son missel du dimanche. Cela sonnait comme un avertissement.

J'en eus la preuve quelques années plus tard lorsque je donnai ma *Théorie de l'ambition* dont tous les exemplaires, sur ordre de ma famille, furent aussitôt détruits. De la même manière que j'avais salué, en Suger, l'homme né sans aïeux, l'artisan de sa propre grandeur, je démontrai, dans ma première œuvre, comment se faire tout seul. Que l'on pût envisager de conquérir le monde et d'y régner sans être issu de la classe dominante ; que l'on divulguât les règles tacites de la courtisanerie dont, jusqu'alors, l'essence était de ne point se dire ; et que, pour exercer un rôle dans notre société, l'on réhabilitât le corps sans lequel, me semble-t-il, l'intelligence n'est qu'un exercice solitaire — tout cela parut odieux aux miens qui, accrochés à leurs quartiers de noblesse tels des naufragés à un radeau, tinrent ce précis pour un crime de lèse-majesté.

Parce que j'y développais, entre autres, des réflexions sur la déclamation, ma mère découvrit avec horreur que j'avais pris des leçons de diction chez mademoiselle Clairon. Elle jugea dégradant pour moi, humiliant pour elle, qu'un Hérault de Séchelles s'inclinât devant une vieille actrice au nom de trompette. Je lui révélai que Démosthène, le maître de la philippique et de l'éloquence attique, s'était exercé au plaidoyer avec l'avocat Isée et qu'il avait travaillé son articulation avec Satiras, le plus célèbre acteur de son temps. Cela ne fut d'aucun effet. Car elle ne connaissait pas, hurlait-elle, « ce monsieur Démosthène » et elle jugeait du dernier ridicule cette histoire de cailloux dans la bouche que, pour illustrer mon propos, j'avais cru bon de lui raconter. « Non, Marie-Jean, les hommes de notre famille ne vont pas chez les actrices. À moins que ce ne soit pour la chose. Or, l'instrument à vent dont vous me parlez me semble très rouillé. » J'ai toujours pensé qu'il n'y avait pas plus vulgaire, quand ils ont décidé de blesser, que les gens raffinés.

La Clairon avait plus de soixante ans lorsque, pour la première fois, je me rendis chez elle. J'étais ému. Car je ne comptais plus les soirs où je l'avais applaudie au Théâtre-Français. J'aimais la diction simple et claire avec laquelle elle portait de grands rôles où tant d'autres croyaient devoir déclamer, en rajouter, *se hausser*. On murmurait alors que c'est de la fréquentation assidue des philosophes, et d'un séjour à Bordeaux, qu'elle tenait son art de représenter les sentiments plutôt que de croire les éprouver. Contrairement à sa rivale, l'effrayante, la menaçante mademoiselle Dumesnil, elle ne gémissait pas, mais feignait admirablement d'être émue, et c'est nous qui pleurions. Elle ne s'esclaffait pas de tout son corps ni ne se trémoussait à la manière des joueuses de pantomime, elle exprimait à merveille la félicité, et c'est nous qui riions. Sur la scène, elle ne courait pas après le naturel, cette chimère grotesque, elle atteignait la vérité par l'artifice. Dans l'exercice de son métier, elle croyait aux vertus du travail et se méfiait de l'empire de la passion. J'aimais que, parvenue au faîte de la gloire, elle continuât de s'interroger sur son métier et, sous une feinte assurance, d'exprimer le doute. Et puis, les quelques jours qu'elle avait passés en prison pour avoir mené, en 1765, une insubordination au Théâtre-Français, où le rideau fut fermé pendant une semaine, ajoutaient l'éclat de la révolte au lustre de ses succès. Cette Clairon-là portait bien son nom.

Quand elle me reçut, avant même que je lui confie la raison de ma visite, la grande actrice m'apostropha sèchement : « Avez-vous de la voix ? » Je toussai et marmonnai : « Comme tout le monde. — Eh bien, m'ordonna-t-elle, il s'agit que vous vous en trouviez une. » Elle se lança alors dans un plaidoyer pour la voix qui sonne juste et m'enjoignit, pour la dépenser à bon escient, d'apprendre à l'économiser. « Prenez exemple sur les comédiens. Observez-les dans les loges où ils boivent du chaud et du mielleux, dans les coulisses où ils font des vocalises, où ils écartent leurs bras, étirent leurs jambes, grimacent, rotent, où ils s'apprêtent à devenir un père trahi, un mari trompé, une fille amoureuse, un fils combatif, un monarque, une simple servante, un vainqueur, un vaincu, un courageux ou un lâche. En politique, le théâtre sera, monsieur, votre meilleure école. Et quand vous en aurez fait le tour, allez dans les églises, regardez bien avec quelle secrète majesté les prêtres disent la messe, avec quelle savante componction ils distribuent la communion et portent le

47

calice, avec quel art, du haut de la chaire, ils sermonnent leurs ouailles et glissent de la catilinaire au panégyrique, de la pompe à la confidence, selon les plus vieilles lois dramatiques. Car, voyez-vous, il n'est de bon abbé qui ne soit vrai comédien. »

Lisant dans mon cœur, elle m'assena que, telle une partition, une grande et belle idée ne valait rien si elle n'était *donnée* par un bel instrument. « Cette idée, ajouta-t-elle, il faut l'entendre et, pour mieux l'entendre, effacer ce qui, dans le corps, pourrait être excessif. Un orateur du ministère public se doit d'avoir très peu de gestes. Votre genre, souvenez-vous-en, est la noblesse et la dignité au suprême degré. »

Je lui dis avoir été très impressionné par d'Alembert le jour où, recevant chez lui des ministres et des ambassadeurs en habit, il leur opposa, sans être néanmoins désobligeant, un superbe mépris. « Cette supériorité de l'esprit qui vous a tant frappé, ajouta-t-elle, vous pouvez y prétendre sans passer par le dédain. Monter sans écraser, voilà tout l'art. »

Chaque semaine, j'allai ainsi voir mademoiselle Clairon comme on visite un sage ou une pythie, dont la devise eût été : « La clef de la voix dans l'échelle musicale répond à la clef du caractère dans l'échelle morale. » Je l'admirai, je crois qu'elle m'aimait bien. Il y avait, dans cette affection maternelle, un peu d'inquiétude. C'est que Paris commençait à s'agiter, notre gros roi tremblotait, le ciel tournait déjà à l'orage, et elle craignait que ma jeune ardeur ne me rendît aveugle. Elle me jugeait encore trop bouillant, trop gesticulant, trop sautillant, trop florissant, trop vert. Elle ne me reprochait pas d'être ambitieux ou joli garçon, mais de m'en contenter. « Vous êtes clair, devenez ombrageux. Vous êtes lisse, prenez du relief. Vous êtes jeune, vieillissez-vous. Vous êtes heureux, et c'est insupportable pour ceux qui ne le sont point : inventez-vous, que sais-je, des souffrances, des regrets, des mélancolies. »

Ma préceptrice m'ordonna donc de travailler. Le soir, dans mon salon, en bon élève je révisais. Je déclamais les fureurs d'Oreste, les rôles de Thoas et de Mahomet. Je calculais mes silences comme des arpents de vigne et commandais mes tirades ainsi que des régiments. Pour donner de la rondeur à ma voix, j'empruntais aux *Leçons de ténèbres* de Couperin leurs lamentations, et au *Messie* de Haendel sa grandiloquence. J'imposais le calme à mes mains. J'assouplissais ce qui, chez moi, était si inflexible et gourmé. J'inventais, dans le miroir, un public à séduire, un adversaire à convaincre, des somnolents à réveiller. J'avais l'impression d'improviser ce que je savais pourtant par cœur. En vérité, je m'armais en secret pour l'éloquence, cette guerre des grands esprits qui se gagnait dans les salons, un verre à la main, la tabatière dans l'autre. (Je me souviens que je n'avais pas dix-huit ans lorsque, dissimulant ma timidité sous une raideur de sacristain, je fis mon entrée dans l'hôtel particulier de la vieillissante mais toujours autoritaire madame Geoffrin, rue Saint-Honoré. Il y avait ce soir-là Marmontel, d'Alembert, Diderot, et le jeune roi de Suède. Ce fut brillant, piquant, méchant, jamais ennuyeux, et très fidèle à la définition que, dans sa *Nouvelle Héloïse*, Jean-Jacques avait donnée de ces élégants conciliabules : « On y apprend à plaider avec art la cause du mensonge, à ébranler à force de philosophie tous les principes de la vertu, à colorer de sophismes subtils ses passions et ses préjugés, et à donner à l'erreur un certain tour à la mode selon les maximes du jour. » En guise d'initiation, je choisis pour un temps de me réserver le rôle d'*écouteur*. Mais désormais, j'étais prêt pour devenir un beau parleur.)

La dernière fois que je vis mademoiselle Clairon, elle me fit réciter dans son salon des scènes du *Tartuffe* et du *Misanthrope*. Elle poussa ce soir-là l'élégance jusqu'à vouloir me donner la réplique. Le trac me stimula. Je m'appliquai. Les vers m'échauffèrent. L'angoisse céda au plaisir. Je fus bon dans la dévotion en trompe l'œil, meilleur encore dans le dégoût des choses d'ici-bas et l'exécration des mondains. Un long silence s'ensuivit. J'étais en nage, elle souriait. Et soudain, elle me félicita ; elle estimait qu'elle n'avait plus rien à m'apprendre : « Désormais, vous savez mentir, vous savez haïr et vous savez partir. Réussir sera, pour vous, un jeu d'enfant. »

La lueur des bougies ajoutait à son visage ridé, sous le relief de cariatide, un tremblé maternel. La Clairon venait de m'offrir tout ce que la vie et la scène lui avaient appris et dont elle n'avait plus l'emploi. Elle s'était donnée à moi avant le tomber du rideau. On ne s'est plus jamais revus. Elle a dû me croire ingrat, je ne l'ai pourtant jamais oubliée. Dans le théâtre de la politique où, la quittant, je m'aventurai sans me retourner, elle n'a jamais cessé de me tenir la main et de me répéter cette admonition qui résonne jusque dans cette prison : « Votre genre, souvenez-vous-en, est la noblesse et la dignité au suprême degré ! »

Je vous abandonne un instant, madame, on m'apporte la soupe du soir.

5

Vous voyez bien, madame, que, dès mon adolescence, j'ai éprouvé pour les personnes âgées, et même très âgées, une curiosité ténébreuse où entraient, à parts égales, une incontrôlable affection et une intraitable compassion. J'aimais les embrasser, leur donner mon bras, leur prêter ma force. Toute cette vie réduite à un corps qui se dérobe, courbée sur la pomme d'argent d'une canne-épée dérapant dans la boue, où la ruine s'effondre. Tout ce savoir entassé sous une carcasse bancroche, protégé du noroît sous une charpente mitée. Et ces mains tavelées d'éphélides qui cherchent à caresser les plaisirs refusés, qui frôlent en tremblant les souvenirs d'un désir inutile, me serraient le cœur.

Bien que je n'eusse pas les trente ans que la charge exigeait et encore moins les trois cent mille livres requises — si madame de Polignac n'avait pas le pouvoir de me vieillir, elle eut celui d'acheter mon avancement aussi naturellement qu'une table de chevet —, je venais d'être nommé avocat général au Parlement. La fonction me flattait, le titre m'augmentait et l'habit me plaisait, sous lequel les dames chuchotaient que ma verdeur éclatait. Sur mon passage, la rumeur ajoutait que la reine avait brodé, de ses propres mains, mon écharpe de magistrat ; je la laissai courir sur le marbre comme une traîne de mariée. Au cadeau qui gardait le fruité de son arôme de nuit, la reine avait joint un petit mot que je cachai dans les *Pensées* de Pascal : « Restez beau, soyez grand et ne m'oubliez jamais. »

Si mon cœur était couronné, il manquait cependant à mon ambition d'être adoubée. Mon choix se porta sur monsieur le comte de Buffon. Ce grand esprit qui avait détrôné la foi par la raison était en effet le protecteur idéal. Chez lui, l'écrivain ajoutait à l'homme de science, le musicien des mots à l'interprète de la nature, et je ne perdais pas l'espoir, après qu'on m'eut distingué dans la politique, de faire carrière dans les Lettres où les femmes, mes fidèles conseillères, m'ont toujours assuré que la postérité est plus opiniâtre.

Monsieur de Buffon était célèbre jusqu'aux Amériques, il siégeait à l'Académie française et il approchait les quatre-vingts ans. Je comptais bien tirer parti des deux premiers privilèges en profitant de la vulnérabilité qui, après un bon repas et avant la sieste, incline doucement le troisième vers la complaisance. On me disait perfide, je n'étais que manœuvrier. J'avais vingt-six ans et le temps pressait. Le temps *me* pressait.

Au mois d'octobre 1785, suivi de mon valet de chambre, je partis donc pour le château ducal de Montbard, aussi hardi que s'il s'agissait de prendre une place. Auparavant, je m'étais armé jusqu'aux dents ; je veux dire par là que j'avais révisé mes leçons. Si je connaissais, pour l'avoir sincèrement aimé et avoir tenté de l'appliquer dans mes meilleurs réquisitoires, son *Discours sur le style*, j'avais dû sacrifier de nombreux soupers, et les nuits galantes par quoi toujours le dessert se prolonge, le salé réveillant alors le sucré, pour m'inspirer de ses *Vues sur la nature*, parcourir sa monumentale *Histoire naturelle* et feindre de l'avoir lue *in extenso*. Feindre, mon verbe préféré.

Je n'ignorai donc plus rien des quadrupèdes vivipares, des autruches, des éléphants, des zèbres, des chiens, des girafes, des singes et des fouines. Ni du perroquet et du sapajou que, à l'agonie, madame de Pompadour avait légués à monsieur de Buffon, afin qu'il les soignât. Pour la première fois de ma vie, je me penchai sur des végétaux et des minéraux, qui m'ennuient tant. Je jonglai enfin avec les multiples variétés d'oiseaux et de poissons ; je ne les connaissais que morts, et dans l'épais jus de mon assiette.

Afin de lui prouver mon obligeance et mon admiration, j'appris par cœur ses pages sur le cheval, une petite centaine, où je trouvai du bon sens et auxquelles, l'heure venue, je ne manquerais pas, en inclinant le buste, de prêter du *génie*. Je prédis d'ailleurs qu'on se souviendra encore des premières phrases de ce chapitre-là dans deux cents ans. Elles sont d'un homme de cheval, et je m'y connais, ainsi que d'un homme de lettres. En somme, d'un héritier de mon cher Montaigne. Si je n'avais que le souci de le flatter, je dirais volontiers à monsieur de Buffon que ses lignes pourraient être de moi : « La plus noble conquête que l'homme ait jamais faite est celle de ce fier et fougueux animal, qui partage avec lui les fatigues de la guerre et la gloire des combats ; aussi intrépide que son maître, le cheval voit le péril et l'affronte ; il se fait au bruit des armes, il l'aime, il le cherche et s'anime de la même ardeur ; il partage aussi ses plaisirs ; à la chasse, aux tournois, à la course, il brille, il étincelle ; mais docile autant que courageux, il ne se laisse point emporter à son feu, il sait réprimer ses mouvements ; non seulement il fléchit sous la main de celui qui le guide, mais il semble consulter ses désirs, et obéissant toujours aux impressions qu'il en reçoit, il se précipite, se modère ou s'arrête, et n'agit que pour y satisfaire ; c'est une créature qui renonce à son être pour n'exister que par la volonté d'un autre, qui sait même la prévenir ; qui, par la promptitude et la précision de ses mouvements, l'exprime et l'exécute ; qui sent autant qu'on le désire, et ne rend qu'autant qu'on veut ; qui, se livrant sans réserve, ne se refuse à rien, sert de toutes ses forces, s'excède et même meurt pour mieux obéir. » En me récitant cette phrase rythmée aux trois allures, il me prenait soudain l'envie d'arrêter ma calèche et de finir le voyage en selle, nez au vent et cuisses serrées.

Sur la route, fort longue, je sentis déjà que j'allais visiter une vieillesse que je ne connaîtrais jamais parce qu'elle me serait refusée. Cette langueur soulagea, pendant quelques heures, ma détermination de stratège que malmenaient déjà les cahots de la calèche. On n'en finissait pas, sous les peupliers, de longer la Seine, qui me parut fastidieuse. Je somnolai. À Semur, où m'accueillit mon collègue Godard, on me fit savoir que monsieur de Buffon ne pourrait me recevoir. Il endurait des douleurs de pierre. Ses calculs déjouaient les miens. J'enrageai. À trois lieues du but, le vieux n'allait tout de même pas me claquer entre les doigts !

Mon dépit était tel que j'imaginai aussitôt une parade. Mon plan était simple. Pour planter le décor, je flânerai autour des roseraies et des volières de l'ancien intendant du jardin du roi. Je soumettrai ses proches à la question. Son perruquier me confirmera qu'on lui fait tous les jours des papillotes, oui, des papillotes. Sa gouvernante et son confesseur, un capucin boiteux, me donneront les prénoms des petites filles qui, chaque soir, viennent soulager ce naturaliste soucieux de ne pas perdre son temps et de n'être jamais gouverné par l'amour des femmes. Le curé de Montbard me racontera comment, à l'office du dimanche, monsieur le comte paraît en bel habit, entouré de ses paysans, et s'assure qu'on le regarde bien ; combien ce grand matérialiste a le souci de *s'emmesser*. Pour faire parler l'écrivain, je grappillerai dans son œuvre et, ainsi, je n'aurai pas de mal à inventer cette consultation capitale dont le destin aurait voulu me priver. Je célébrerai, par écrit, le pur esprit qui m'a élu, moi, Marie-Jean Hérault de Séchelles. En le grandissant, je me grandirai. Je serai son dernier visiteur et son premier récipiendaire. À quelques jours près, qui croira que cette entrevue est l'œuvre d'un romancier et non d'un scrupuleux mémorialiste ?

Je décidai donc de rester à Semur, où de fraîches bouteilles de bourgogne et quelques demoiselles caressantes, dont l'ami Godard sut me vanter puis m'offrir les services, me firent même oublier combien l'Auxois, sous la bruine, pouvait être ennuyeux. J'étais précisément en bonne compagnie quand, soudain, monsieur de Buffon me fit quérir. Le cadavre bougeait donc. Quelle plante médicinale l'avait ressuscité et quelle rebouteuse, ragaillardi ? Après avoir choisi un habit galonné, m'être poudré et parfumé, je pris un bidet de poste et fis trois lieues à franc étrier jusqu'à la colline de Montbard.

Là, je suivis l'impeccable tracé de jardins

plantés de platanes et de sycomores, fis un détour par l'orangerie et les écuries, découvris la fosse aux lions, où l'odeur du fauve écrasait le parfum de la rose, frôlai la colonne que Buffon fils, a-t-on idée, venait d'élever à son divin père, traversai une douzaine de terrasses et autant d'appartements peuplés d'oiseaux enluminés, parvins enfin, au sommet de la tour de Saint-Louis, dans le cabinet du maître.

À mon grand étonnement, le malade se portait fort bien. Pour m'impressionner, il en rajoutait dans l'art d'être au-dessus de ses affections et le talent de mépriser ses afflictions. À soixante-dix-huit ans, il avait un port de tête haut et fier; on eût dit son buste, par Houdon. À ceci près qu'on venait de le friser. Un mouton! Une chicorée! Ses accroche-cœur blanchâtres tombaient sur une robe de chambre jaune à fleurs bleues, une robe d'aubergiste. Il était ridicule. J'étouffai un fou rire. Mon trac disparut, le travail pouvait commencer.

Je l'entretins de sa gloire et mon gros pigeon se rengorgea. « Le génie, me dit-il en flattant son bedon, n'est qu'une plus grande aptitude à la patience. » Deux fois, il répéta cette maxime qu'il avait sans doute préparée afin que j'en fusse le rapporteur, le graveur. Décidément, il se rendait très bien justice. Pour le reste, le grand homme égrena, sur la recherche, la méditation, l'écriture, des banalités ponctuées de « pardieu » que je m'appliquai à recevoir comme des trésors. Sans trop y croire, mais la situation m'incitait à me bercer de gloire et d'illusions, à me prendre pour un nouveau Montesquieu, je lui révélai alors l'œuvre à laquelle je souhaitais consacrer ma vie : une encyclopédie où seraient répertoriés, comparés, jugés et célébrés tous les droits et toutes les lois des hommes. « Cela donnerait un bel édifice, risqua-t-il en me jaugeant. Or, vous êtes bien fait. Pour que vos avantages ne nuisent pas à votre travail, acceptez que je vous offre un conseil : attendez que six heures aient sonné pour aller voir vos maîtresses, souvent même au risque de ne plus les trouver. Le travail de l'esprit doit passer avant l'effort physique. » J'inclinai la tête à la manière d'un disciple.

S'il consentit à me dire du bien d'Euclide, de Leibniz, de Montesquieu, ce fut pour mieux se moquer des prétendues découvertes de Newton et placer plus bas que terre *Les Confessions* de Rousseau, qui avait pourtant compté parmi ses thuriféraires et était venu, ici même, baiser à genoux le seuil de son pavillon de travail. Il prit soin de me montrer les lettres que le prince Henri de Prusse et l'impératrice de Russie lui avaient écrites pour le louer. Il voulait bien m'en faire, si je le souhaitais, une copie. Je le souhaitais. Quand il eut cessé de parler, il m'écouta. En vérité, il attendait de moi que je lui rendisse compte de l'état exact de sa notoriété dans les salons parisiens où, cinquante ans plus tôt, il avait son fauteuil et sa cour. Je le rassurai.

Absent, il n'en était que plus présent. On glori-fiait son œuvre. Des jeunes filles avaient pleuré en apprenant qu'il souffrait de la gravelle. Des cierges brûlaient pour son salut à Saint-Séverin. Monsieur le comte rosit.

Après avoir bu mes bonnes paroles, il avala un verre de vin blanc et, négligeant de m'en propo-ser, m'assura ne pas craindre la mort. Un instant, sa vaillance m'émut. Mais il rompit le charme en ajoutant aussitôt que connaître l'immortalité de son vivant prémunissait contre les vaines frayeurs.

La nuit était tombée sur ses savants potagers. J'en avais assez pour rédiger son portrait. Je le priai d'accepter que je l'embrasse. Sa vieille peau piquait. Il mit alors sa main de momie sur mon jeune bras et le serra méchamment. « Vous êtes brillant, vous êtes impatient. Je gage, me murmura-t-il avec un accent de vérité que je ne lui savais pas, que vous allez me trahir, mais vous me plaisez. Vous ne ressemblez pas à tous les flatteurs qui viennent ici m'ennuyer avec leurs éloges sincères. Vous me semblez avoir toutes les qualités pour écrire un traité de l'ambition. Vous irez haut, mais, si vous ne pre-nez garde à vous, vous tomberez vite. »

Je rentrai à Paris de fort bonne humeur. Avec moi, j'emportais donc ce secret : comment on devient un grand homme. Encore dix lieues pour atteindre mon château d'Épône où j'exi-geai qu'on ne me dérangeât point et je rédigeai en deux jours et deux nuits *Voyage à Montbard*. J'ignorais jusqu'alors qu'on pouvait éprouver tant de plaisir à écrire. Je voulais établir que, sur ses terres, un génie des sciences venait de m'élire, mais aussi prouver qu'il ne m'avait pas étouffé. Je ne me privai pas, en effet, de fixer le vieux Tartuffe comme lui-même épinglait, en les tourmentant, ses papillons vivants. Je fis aussitôt imprimer mes pages sans les signer tout en faisant savoir que j'en étais l'auteur. Si monsieur de Buffon, furieux et choqué, opposa un dédaigneux silence à mon portrait *in situ*, son fils zélé m'adressa une lettre dans laquelle il me traita d'«espion», de «délateur», de «calomniateur» et prétendit que je n'avais jamais rencontré son illustre géniteur; je la brûlai.

Monsieur de Buffon, que d'Alembert appelait si joliment le «roi des phrasiers», mourut en 1788. J'adressai à Montbard une lettre de condoléances et m'empressai de faire rééditer mon petit livre sous mon nom. Il plut aux dames et l'on parla de moi comme d'un écrivain. J'avais donc deux raisons, à vingt-neuf ans, d'être heureux.

6

Mais je sens bien que je m'égare avec le vieux Buffon. Alors que ma vie s'enfonce peu à peu dans les ténèbres, il est bien temps, madame, de vous présenter l'homme que vous n'avez pas connu mais qui, sans le savoir, s'impatientait déjà de vous connaître. Je suis né à Paris, le 20 octobre 1759, dans une famille armoriée dont on a assez colporté, pour rabattre mon caquet, que j'étais l'avorton illégitime. Si je me suis tant et si tôt employé à me faire un nom, c'est sans doute pour mieux cacher, sous de hauts faits et des titres de gloire, que je descendais, on ne sait comment, d'on ne sait qui.

À l'église Saint-Sulpice, où l'on se dépêcha de me baptiser comme s'il s'agissait de m'absoudre, toute ma parentèle sanglotait et portait le deuil. Mon père, âgé de vingt-deux ans, colonel du régiment de Rouergue-Infanterie, venait en effet d'être sabré par les Anglais à la bataille de Minden. Pour mes beaux yeux, on était passé du crêpe au chrême sans prendre le temps de se changer.

À la cérémonie du baptême, qui me fut racontée en détail par une vieille gouvernante, l'affliction le disputait à l'embarras. Le poupon braillard que le prêtre aspergeait d'eau bénite afin de le laver, ô combien, du péché originel, n'était pas le fils du héros de Minden mais celui du maréchal de Contades, qui commandait à la fois une armée en déroute et mon prétendu père. Autour des fonts baptismaux où plongeaient des fronts pourpres, nul ne l'ignorait et tout le monde en tirait, la main sur le ventre et la tête renversée, de mauvais airs de baryton trompé. Molière eût donné un chef-d'œuvre de cette mascarade.

Retour du champ de bataille allemand, Contades, mauvais militaire mais bon amant, présenta ses condoléances à ma mère avec une telle compassion que cela ressemblait fort à de l'extase. La gorge très nouée, ils s'étreignirent.

Je fus élevé dans le culte filial d'un inconnu par un père qui feignait d'être un étranger. J'ai grandi dans une famille qui, fatiguée de coucher dans des draps sales et par crainte qu'on ne la vît les laver au soleil, en rajoutait dans la vanité. Du plus loin que je me souvienne, la loi du silence a toujours pesé sur nos repas guindés. Dès qu'un invité franchissait le seuil de notre porte, on l'accablait de témoignages de bonne foi et d'actes de naissance dont il n'avait rien à faire, mais que la politesse lui imposait d'admirer. On voulait l'honorer, on ne faisait que le prévenir de notre déshonneur.

Très vite, d'ailleurs, la bonne société se passa le mot : « N'allez pas chez les Hérault, vous subirez un cours d'Histoire. » À la fin du dîner, nul ne pouvait ignorer que notre noblesse remontait au xive siècle, que le grand-père avait servi Louis XV et persécuté les jansénistes, que l'on comptait dans nos illustres rangs des ministres, des contrôleurs généraux, des prélats, des capitaines de cavalerie et de fameux bretteurs. L'invité était sommé de s'incliner devant cette dynastie de robe et d'épée qui, en fait d'héritage, fabriquait avec une admirable constance de l'infortune conjugale, des femmes éprouvées et des bâtards. Voilà pourquoi, avant de vous rencontrer, je faisais l'amour sans y croire et n'imaginais pas qu'on pût avoir des enfants autrement que par négligence.

Maintenant qu'il est trop tard, je sais ce que, de ma vie gâchée, je regrette le plus : d'être resté un fils improbable, de savoir que je monterai sur l'échafaud sans peser du beau poids de père, et que je vais mourir sans avenir, inachevé. Vousmême, madame, finirez par oublier ce cadet qui aurait tant aimé vieillir un peu. Pendant que vous auriez rajeuni, il serait devenu le mari d'une mère. Un presque père.

Je n'ai pas eu le temps d'aimer mon enfance angevine, au château de Montgeoffroy, où le maréchal de Contades nous avait fait aménager, ma mère et moi, des appartements qui plongeaient, l'été, dans une mer haute de blés blonds. À huit ans, on m'enferma chez les oratoriens, près de Meaux, dans le collège où fut inhumé le très augustinien cardinal Pierre de Bérulle. Le cloître sentait la mort, et son faste répugnant.

Avoir à peine goûté au bonheur de la campagne et en avoir été si vite privé m'a donné, à l'âge mûr, la persistante nostalgie des tilleuls sucrés, des eaux endormies, de l'odoriférante herbe fauchée, du sable jaune de la Loire, des longues allées forestières, des champs retournés, des hameaux en tuffeau blanc, du soleil qui décline, se couche et s'étire sur la pierre rose. C'est peut-être pour retrouver cette maternelle lumière d'Anjou que j'ai abusé des chevaux, ces amis dans l'exil, ces confidents discrets auxquels je demandais de me conduire, au galop, vers ce pays d'enfance où l'on n'accède jamais à pied.

À dix ans, je portais l'encensoir avec désabusement, à quinze, l'épée avec fatalisme, et à dix-huit, la robe avec passion. Quittant les bons pères, je fis mes études de droit à Paris avec d'autant plus de curiosité et de conviction que j'échappais au destin dont tout Montgeoffroy avait, pour moi, tracé la ligne droite. Ma mère me voyait bien homme d'Église, Contades m'attendait dans l'armée. Du moins leur fis-je la grâce, puisqu'ils avaient tant le souci des apparences, de porter un habit qui, telle une chasuble, tombait jusqu'aux chevilles et dont le noir évoquait l'uniforme des hussards de la mort.

Et puis, soudain, tout alla très vite. Le 17 décembre 1777, soit sept ans avant l'âge requis par la loi et l'usage, je fus nommé au Châtelet avocat du roi. La lettre dans laquelle il me confiait cette charge fut aussitôt encadrée par ma mère et placée en évidence dans le salon afin que nul, sauf à paraître inélégant, ne pût y échapper et que chacun dût s'en extasier : « Le sieur Hérault de Séchelles, héritier des vertus de ses pères et de ses oncles et animé par leurs exemples, s'empressera de marcher sur leurs traces, il se rendra comme eux digne de son estime et il fera ses efforts pour mériter de plus en plus sa confiance. » Quand elle me fut portée, je fus bien le seul à éclater de rire en découvrant qu'il était question des « vertus » de mes « pères ». Jamais la grammaire ne me sembla si juste et si cruelle à la fois. Maman, elle, toute à sa fierté, n'y vit que du feu.

Je fus au Châtelet comme un pur-sang aux écuries. Je rongeais mon mors. Il me manquait de me cabrer, de dépenser mon trop-plein d'énergie. J'aurais voulu du public, du théâtral, du grandiose, de l'inoubliable, or ma fonction ne sortait guère du protocolaire. Elle m'offrit du moins l'occasion de me faire des amis, parmi lesquels Saint-Fargeau, Joly de Fleury, d'Ormesson, Aligre et, grâce à la duchesse de Polignac, de rencontrer celle qui allait tant faire pour mon succès et ma perte, Marie-Antoinette. J'étais naïf et pressé, elle était rusée et prudente. Je trouvais un charme fou à ses yeux clairs, sa gorge blanche, son accent résineux et même son rang. Elle me laissa m'enflammer. Je brûlai. Un jour, ma main se hasarda à frôler la sienne, qu'elle retira prestement. Son sourire fut éloquent. La reine me faisait la grâce de bien vouloir jouer avec moi, mais je devais respecter les règles qu'elle avait imposées. On joua donc si bien à se plaire que, pendant un printemps, on nous prêta une relation. J'imagine que, à l'instant du procès, mes juges vont la porter au débit de ma vie paradoxale.

À vingt-cinq ans, fort de la protection de la reine et de la confiance du roi, j'accédai à la charge d'avocat général, où m'avait précédé Michel Lepeletier de Saint-Fargeau. Ce fut ma plus belle heure. Dans la grand'chambre édifiée par Saint Louis, mes réquisitoires faisaient salle comble. Les femmes se disputaient les meilleures places. Je ne siégeais pas au Parlement de Paris, j'étais au théâtre. Dans un nuage de poudre et de fleur de rose, j'aimais à corriger ma jeunesse par des airs très inspirés. Je faisais semblant de découvrir des dossiers que je connaissais par cœur. On applaudissait des improvisations que j'avais gribouillées la veille et que mon secrétaire avait mises au propre. Dans ma robe rouge et sous mon chaperon fourré, on me jugeait différent. On me trouvait *moderne*. C'est un mot que je déteste.

Dans les papiers que j'ai emportés ici, j'ai retrouvé le compte rendu que fit, en 1786, dans la *Gazette des tribunaux*, monsieur l'avocat Mars de mon allocution pour la rentrée du Parlement. Je ne la reproduis pas par vanité, mais pour que vous compreniez quel jeune homme j'étais alors : « Son discours, attendu avec impatience par un nombreux auditoire, rempli de ces formes et de ces beautés qui distinguaient les orateurs des républiques anciennes et interrompu par de fréquents applaudissements, a saisi l'assemblée d'une vive émotion, et on remarquait surtout que les avocats étaient pénétrés de cet enthousiasme qui s'excite parmi des hommes auxquels on découvre toutes leurs forces et comme le secret de leur puissance.

« Cette harangue a été d'autant plus flatteuse pour eux que monsieur l'avocat général leur a fourni des modèles tirés de leur propre sein : il a fait reparaître pour ainsi dire à leurs yeux les Dumoulin, les Le Normand, les Aubry, les Cochin, toutes ces générations de talent, qui ont successivement passé au barreau. On a remarqué surtout un portrait de Cochin, si magnifique et si neuf, que l'ordre entier voulait le réclamer pour l'insérer à la tête des ouvrages de ce grand homme, comme le plus beau titre de sa gloire.

« Le succès du discours de monsieur Hérault de Séchelles a été général et c'est une palme de plus, dont ce magistrat, qui s'est acquis, dès le début, une réputation brillante, a honoré sa jeunesse. »

Une fois encore, je profitai de mon ascendant sur ce parterre de générale pour lui infliger le spectacle de son dérèglement, sur ce public acquis pour le malmener, voire le menacer. Il ne se passait pas une semaine sans que je contrarie les prétentions des grandes familles, la morgue des puissants et la vénalité du clergé. Sans doute pour effacer l'affreuse renommée de mon grand-père, lieutenant général de police, je plaidais sans cesse pour la tolérance et l'équité. Moi dont, pourtant, la vie privée n'inspirait guère le respect, j'obtenais mes plus beaux succès en condamnant les hommes volages, vénaux, abusifs, et en défendant, avec une éloquence redoublée, les filles abusées, les orphelines abandonnées, les femmes trompées. N'était l'amitié de la reine, mes ennemis eussent fini par obtenir ma chute, qui m'accusaient d'avoir trop lu Rousseau, de faire le lit des idées et des mœurs nouvelles.

Or, je ne tombai point. Pis : je paradais. J'étalais mes privilèges et mes dix mille livres annuelles comme mes contempteurs, leur morale. Les salons, où j'ignorais mes pairs pour ne converser qu'avec les hommes de lettres, s'arrachaient ma présence, ma fortune et mes saillies. J'avais une loge au Français où je m'activais tellement que, certains soirs, on préférait ma bruyante comédie à celle qui se donnait sur la scène. Je possédais un appartement à la Chaussée-d'Antin, au 14 de la rue Basse-du-Rempart, exclusivement consacré à l'amour et à la lecture. Le premier se célébrait derrière des persiennes mi-closes, dans un boudoir tendu de papier jaune anglais et dans un lit augmenté d'une grande glace pour le plaisir d'y admirer mes propres prouesses; la seconde, dans une bibliothèque riche de quatre mille volumes, où la philosophie l'emportait sur la jurisprudence et où les érotiques étaient traités avec les mêmes égards que l'histoire et la poésie. Outre les quinze volumes des *Œuvres de Frédéric II*, les quatre-vingt-douze tomes de Voltaire, les trente-quatre de Rousseau, et les trente de l'*Administration des finances*, j'y possédais deux trésors que, si ma maison n'a pas été saccagée, je rêverais de savoir désormais dans vos mains : le manuscrit de *La Nouvelle Héloïse*, soit quatre volumes reliés en maroquin rouge, et l'exemplaire des *Essais* de Montaigne qui appartenait à Rousseau.

Aux beaux jours, j'habitais mon château d'Épône, qui avait appartenu à la duchesse de Créqui avant d'être acquis par mon grand-père en 1706, où le Tout-Paris se vantait d'avoir fait dix lieues pour me *visiter*. Les plus courageux ou les plus flagorneurs de mes hôtes acceptaient même de m'accompagner, à cheval, sur mes cinq cents hectares de terres. Si l'un d'entre eux faisait une chute, je l'abandonnais, le cul dans le pâturin, et continuais, hilare, de galoper.

Quand tout ce beau monde était reparti et que je me retrouvais seul dans ma campagne et son obsédant parfum de buis, et sa lumière de peintre caressant de l'index la plaine mantoise, et ses lentes journées rythmées par la cloche fêlée du village, et ce bonheur qu'elle favorise d'une méditation insoucieuse, d'une rêverie sans sujet, soudain je me lassais de moi. Car j'étais fait pour la solitude, la hauteur, la fidélité et la compassion. Pas pour l'esbroufe, le marigot, la trahison et le ricanement.

« Il faudrait, écrivais-je dans mon *Petit Codicille*, que les politiques vécussent à la campagne comme les anciens Romains ; ils y apprendraient l'art d'attendre et de se taire, double science que le fracas des villes fait oublier, et qu'on rapprend machinalement en observant la marche lente, graduée, uniforme et silencieuse de la nature. »

Je décidai alors de ne plus retourner dans ce bas monde où mon personnage inclinait à briller, de m'installer pour toujours à Épône, de m'y consacrer à l'écriture et au jardinage, de me marier et d'avoir des enfants que je prendrais le temps de voir grandir, mais la belle résolution ne résistait pas longtemps à l'ennui ; à la fatigue et à la peur de l'ennui. Il me fallait de l'urgence, du clinquant et du feu. C'est à cette époque que je rédigeai mon épitaphe : « Aimant, aimé de tous, ouvert comme une fleur. » Elle était, j'en conviens, assez ridicule.

L'automne venu, je quittais mes ormes protecteurs et m'en retournais donc à Paris où je redevenais l'homme qu'on a si souvent stigmatisé et dont vous-même, madame, avez dû vous moquer tant il était contradictoire. Je prenais avec d'autant plus de fièvre le parti des faibles que je m'accommodais fort bien de vivre parmi les forts ; le désarroi des petites gens m'émouvait parfois jusqu'aux larmes, mais je jugeais naturel d'être très riche ; je voulais que la société changeât, mais pour rien au monde je n'aurais accepté de perdre un nom prestigieux et les prérogatives qui vont avec ; je rêvais d'être écrivain, mais je n'avais pas le cran de sacrifier à l'art tous mes titres et mes fonctions ; du haut du tribunal, je vouais les infidèles aux gémonies, mais je couchais avec n'importe qui ; le jour, j'incarnais un régime à l'agonie, j'officiais au nom d'un roi sans esprit ni avenir, et le soir, dans des salons lambrissés, je faisais miennes les idées de d'Alembert, de Condorcet, de Rousseau et du cher Diderot ; j'avais des foucades, mais pas de convictions ; je pensais qu'on pouvait faire le bien d'autrui avec de l'esprit, réduire l'injustice avec des apophtegmes, combattre la souffrance dans de beaux habits. En vérité, je trouvais confortable de m'arranger avec moi-même. Malgré le ciel qui tournait à l'apocalypse, je croyais encore à une révolution douce.

J'allais avoir trente ans quand, le 14 juillet 1789, l'Histoire saccagea l'élégant ordonnancement, tout en courbes, charmilles et perspectives, de ma petite vie *à la française*.

7

Et je fus soudain bousculé par les faits. Rien,
il est vrai, ne m'avait préparé à agir. Jusqu'alors,
je me battais avec les mots, je prenais des risques
en habit et sous abri, je raillais, je rusais, je gon-
flais le torse et — ainsi en 1787, lorsque je
conduisis la fronde du Parlement — je m'amu-
sais à défier le roi et ses ministres. Sans craindre
d'y perdre quoi que ce fût, certain au contraire
d'y gagner de la grandeur d'âme, je me flattais,
par exemple, de vouloir, de haut, que fût dou-
blée, en bas, la représentation du tiers état. On
m'entendait souvent, dans le salon de madame
de Beauvau ou celui de la duchesse d'Enville, où
Condorcet et La Fayette me regardaient comme
un animal sauvage, avancer que le despotisme
des rois serait éclipsé par la souveraineté des
peuples ou que la raison et la vérité remplace-
raient avantageusement les folies de l'Église.
Mais c'était de la littérature.

Je peux vous l'avouer aujourd'hui : trop occupé

à asseoir ma réputation et à soigner la rhétorique qui m'avait déjà avantagé, je n'ai pas compris ce qui se passait. J'étais aveugle. Toute ma culture, toute ma science, toute mon ambition m'avaient éloigné du réel, cette chose informe, mouvante, puissante, violente et diffuse sur quoi l'esprit n'a pas prise.

Imaginez que, à la veille du tremblement de terre qui allait mettre mon pays sens dessus dessous, je n'avais d'yeux que pour le nébuleux Antoine de Lassalle, sa méridienne, sa serinette, son pantographe, sa « Balance naturelle » et son « tout vibre », où je ne lisais qu'une doctrine quand c'était un présage. De mes conversations avec Lassalle, que j'avais invité à Épône et où je l'entretenais comme une fleur rare pour en faire secrètement mon miel, j'ai même trouvé le temps de tirer, en 1788, un *Codicille politique et pratique* où je rassemblai, une fois encore, les préceptes qui, si je m'y tenais, me donneraient la gloire, et le bonheur en prime.

Car j'étais de cette race d'épicuriens qui ont besoin de lois pour jouir et, au tribunal comme au réduit, de stratégies pour gagner. Je n'ai jamais cru au hasard. J'ai toujours travaillé à ce que les choses advinssent telles que je les avais souhaitées, mieux : préparées. Mon petit *Codicille* rassemble ainsi les pensées que, en ce temps-là, je mettais bout à bout dans des carnets ; c'était ma façon de résister au destin en lui opposant des plans d'action : « Pour agacer les facultés et les tenir éveillées, il faut sans cesse chercher des ennemis et courir au combat. » Ou : « Pour donner une grande action au cerveau, il faut marcher, manger et dormir peu. Pour la ralentir, il faut multiplier et faire durer toutes ces fonctions animales. » Et : « Il ne s'agit pas d'être modeste, mais d'être le premier. » Encore : « Se faire pardonner son mérite par la simplicité de ses manières et autres petits désavantages. » Mais aussi : « Avouer de soi un petit défaut qui tienne à un talent fort estimé. » Enfin : « Récapituler en se couchant toutes les opérations de la journée pour fondre le codicille dans sa substance et se l'assimiler. » C'est ainsi, voyez-vous, que je me *fabriquais*.

Ce jeu dont, naïf et prétentieux, je pensais être le maître absolu m'échappa soudain, le 14 juillet 1789. Je tins en effet la prise de la Bastille pour une de ces tragédies en vers auxquelles la Clairon m'avait initié. J'y assistai d'abord en spectateur émerveillé. Rien de plus, rien de moins. Pour un peu, j'eusse applaudi cette troupe armée de piques et de fusils volés aux Invalides qui marchait, sans metteur en scène, vers la forteresse en improvisant des tirades haineuses. C'est qu'ils étaient bons, les bougres ! Et si entraînants, si convaincants dans leurs emplois !

J'avais quitté mon appartement de la rue Basse-du-Rempart aux premiers cris de la rue. Mon cabriolet me déposa au pied du pont de

Sully. Sentir la ville exploser m'enivra. Je marchai avec une foule effervescente sous le rond soleil d'été où dansait une poussière de terre remuée avant l'assaut. Des hommes qui auraient pu être mes valets, mes cochers, voire mes paysans d'Épône, me saisirent le bras, m'exhortèrent à la colère, me poussèrent, me pressèrent. Je m'entendis même menacer la reine, ma protectrice, et madame de Polignac, ma cousine. Était-ce bien moi ?

Je chantais, je hurlais, je sautais, je brûlais. Le premier coup de canon les terrorisa et me galvanisa. Je n'étais pas courageux, j'étais curieux. Des corps déchiquetés tombèrent autour de moi. Le sang, la chaleur, la sueur, l'odeur de la poudre, les nuées de mouches, la confusion générale donnaient à Paris un air de folle kermesse. Je me retrouvai au premier rang des émeutiers sans comprendre comment j'avais pu arriver si vite sur le devant de la scène. Pas un instant, je n'eus le réflexe de revenir sur mes pas ni l'idée de m'éloigner.

Dans la fièvre, la ferveur et la rage, je vous le jure, madame, j'avais oublié que j'appartenais à l'une des plus grandes familles du royaume dont j'étais l'un des plus hauts magistrats. Le gouverneur de Launay qui tirait sur moi était de mon monde, de mon rang. D'ailleurs, il n'y a pas si longtemps, tout en réchauffant dans la main un vieil armagnac, j'avais conversé avec lui, chez madame de Staël, des charmes d'Antoinette et de la carrière militaire de Laclos. Pauvre Launay, mauvais tacticien.

Avec mes nouveaux compagnons, je pris donc d'assaut la Bastille, où étaient enfermés ceux-là mêmes que, sans doute, j'avais condamnés quelques mois auparavant. La suite se perd dans l'épaisse fumée des feux grégeois et la poignante soufflerie des lamentos. Je ne me souviens que de ces têtes sanguinolentes plantées au bout des piques, ces bouches étonnées de décapités, ces yeux paniqués de percherons chez l'équarrisseur, ces corps démantibulés, ridicules, et de l'effrayant silence de mort qui tomba, comme du plomb, sur la forteresse en flammes.

Sans émotion, avec seulement cette lassitude qui succède aux fêtes, quand elles ont été excessives et que l'on y a été entraîné malgré soi, j'enjambai des dizaines de cadavres pour rejoindre, l'habit à peine froissé, le visage un peu noirci, ma voiture et mon cheval, qui s'impatientait au bord de la Seine clapotante. Il avait donc suffi d'une journée d'été pour que monsieur l'avocat général devînt un héros de la Révolution. Ma foi, je m'étais bien diverti. Le plus étonnant était que ma conscience avait la sérénité du fleuve, ce jour-là.

Le réveil fut brutal. D'un côté, on compta les morts, on cria vengeance, on fit tomber, une à une, les pierres de la maudite Bastille. De l'autre, on me voua aux gémonies. Parce que je racontai mes aventures de la veille en riant et me vantant, je fis horreur. Mes collègues du Parlement me traitèrent de renégat, les bons pères d'apostat et ma famille, d'aliéné. Je n'en souffris point. Au contraire. L'opprobre me distinguait. Comme j'étais devenu insensible aux éloges, les quolibets me stimulaient, les reproches m'excitaient. Paris s'intéressait à moi, et c'était l'essentiel. Le pire eût été que l'on me négligeât.

8

J'avais goûté au parfum âcre de l'insurrection sans imaginer un instant qu'elle pût troubler mon confort ni inquiéter ceux dont la charge était d'y veiller. Moi qui avais trouvé récréatif de renverser un lourd symbole, je jugeai inconvenant que, après la nuit du 4 août, l'on s'attaquât à mon château d'Épône, à mes chers privilèges, et à mon fidèle garde-chasse. Cette fois, je sortis les armes pour défendre ma propriété et intimider les villageois menés par le syndic, un jaloux. Voilà donc où j'en étais. Le monde s'écroulait et je ne pensais qu'à sauver mes bibelots, mes tableaux et mes chevaux. J'étais chaque jour partagé entre le désir de participer au soulèvement populaire et le souci de préserver ma fortune.

J'eusse longtemps vécu dans cette contradiction, qui illustre bien ma nature, si le maréchal de Contades et ma mère, horrifiés par ce que la rumeur rapportait de mes actions scélérates, mais aussi de la fierté que j'en tirais, ne m'avaient ordonné de partir pour la Suisse en me menaçant, si je n'obtempérais point, de me couper les vivres et de me déshériter. Je voulais bien me brouiller avec ma famille, mais je ne comptais pas me passer de son argent. Je profitai alors de ce que le Parlement fût décrété en vacances pour quitter la Révolution sans regrets et Paris sans rougir.

Étrangement, l'exil me fortifia. Au pied des Alpes, je n'étais plus qu'un homme comme les autres. Petit. Je découvris, pendant un an, le plaisir de vivre sans les contraintes qui s'attachent au prestige et dans l'ignorance des lois qui régissent le devoir de réussir. De jeunes femmes de Saint-Gall et de Genève m'aimèrent pour ce que j'étais, et non pour ce que je représentais : elles avaient d'ailleurs l'indulgence de tenir que mon « accent » donnait à leur plaisir une saveur inédite. Des paysages vierges s'offrirent à moi sans que je pense aussitôt à les conquérir. Je découvrais que l'on pouvait se rendre au théâtre sans se soucier d'être vu et jugé. Je m'habillais comme les vignerons du pays de Vaud, en blouse bleue et gros souliers. Moi qui, d'ordinaire, picorais ce qu'on me présentait, je mangeais beaucoup sans qu'on me servît. C'était exotique.

J'avais laissé en France mes calculs, mes manœuvres, mes emplois du temps corsetés, mes vade-mecum, mes ordonnances, et ma prétention à en imposer à la fatalité. J'avais même perdu l'envie d'écrire, c'est-à-dire de me plaire. Je ne savais jamais, au réveil, de quoi mes journées seraient composées. À Lausanne, on me prêta des chevaux, que je tentai de travailler, des après-midi entières, aux airs d'école. C'était maladroit, mais ça en imposait. « D'où tenez-vous cette science ? » me demandèrent certains éleveurs. « D'être en paix avec moi-même », répondis-je, de manière énigmatique et sincère à la fois.

C'était il y a quatre ans, et cela me paraît vieux d'un siècle. Dans cette chambre froide où je les évoque, ces souvenirs sont aussi lumineux que, en été, la neige immaculée au sommet de la Jungfrau. Ils me donnent de l'altitude dans cette basse-fosse.

La Révolution était bien loin et j'eusse sans doute fini par l'effacer de ma mémoire si, un jour de mai 1790, sur les conseils d'un savant de mes amis, je n'avais assisté à une assemblée annuelle de patriotes helvètes, qui se tenait à Olten, dans le canton de Soleure. Des professeurs, des artistes, des pasteurs, des ministres, des triples mentons, des cous de portefaix, des ventres explosifs, des dents de cheval soudées par la bouffarde fraternisaient au son des violons et des cors, autour d'un banquet rabelaisien organisé dans un vaste grenier. Ils avaient l'amitié brutale et l'enthousiasme sanguin. Ils chantaient des idioties, du genre : « Lorsqu'un Suisse en salue un autre dans une vallée, sombre et fraîche, une larme involontaire échappe de ses yeux » ou : « Le mois de mai ranime la nature, et revient orner pour les Suisses les bocages et les prairies d'Olten », et encore : « Helvétiens ! Qu'il est grand, qu'il est beau, mes frères, de ne former qu'un cœur et qu'une âme, quelque nombreux que nous soyons ! »

Après avoir bien bu, ri, fumé, et s'être bien bécotés, ils trouvaient du meilleur goût de se prosterner devant le *père de la patrie* : c'était, suspendue au plafond, une épée sur la lame de laquelle tous, en se contorsionnant, enfilaient leur chapeau. Chaque nouveau trou déclenchait une salve d'applaudissements. L'exercice était stupide et le trophée grotesque. J'étais atterré.

Cette académie avinée, qui se vantait pourtant de compter des notables et les plus beaux esprits de treize cantons, pratiquait avec emphase la religion de l'abêtissement, fondée sur le contentement de soi. Je m'étonnais que mon cher Jean-Jacques Rousseau, idole de ma jeunesse, fût de cette nation où les érudits retombaient en enfance lors de fêtes démocratiques auxquelles, d'ailleurs, les paysans n'étaient pas admis. C'est qu'on s'abrutissait entre gens bien.

J'allais quitter ce mauvais spectacle quand un professeur de théologie dartreux, qui me savait français et voulait se faire remarquer, se hissa sur une table pour vitupérer notre pays, nos mœurs, notre prétention à l'universalité, notre

« indévotion » et vanter une Suisse où, plutôt que de parler politique, on mâchait des abats, sirotait du fendant, souillait sa serviette avec philosophie et marmottait sans cesse les grains de chapelet, les pastourelles tenant lieu de conversation. Alors que, depuis des mois, je m'étais habitué à vivre au ralenti, dans l'ombre portée des montagnes silencieuses, à n'éprouver plus de sentiments forts que pour les femmes et les chevaux, alors que j'avais abdiqué mes ambitions et que, depuis les balcons fleuris de Nyon, j'observais, couchée sous les brumes, la rive française avec une indifférence à peine teintée de nostalgie, soudain, j'explosai.

La grossière attaque d'un bigot rougeaud venait de réveiller en moi le Français, le magistrat et l'assaillant de la Bastille. Furieux, je me levai au milieu de l'assemblée pour proclamer les vertus de notre Révolution et stigmatiser une Suisse féodale qui opprimait les faibles pour mieux servir les puissants : « Vous n'avez même pas besoin d'un roi pour imposer un ordre révolu! Est-on libre quand les paysans sont contraints d'apporter dans les villes les fruits de la terre et de leurs sueurs et de les vendre à une classe privilégiée, avant de pouvoir les proposer à autrui? Est-on libre quand un seigneur, un bailli suisse a le droit, pour son seul usage, d'ordonner une corvée, de faire aménager un chemin, sans qu'il lui en coûte une obole; d'assujettir les bras de ses malheureux vassaux à lui fendre une route plus douce et plus commode sur le roc où est assis son château, et s'étonne encore aujourd'hui de ce qu'en France nous venons d'abolir les droits féodaux? Est-on libre quand ce sont des magistrats qui gouvernent impérieusement, et que ces magistrats sont choisis par la plus petite partie du peuple, et par la plus noble? Est-on libre enfin quand on ne peut supporter, sans la plus profonde douleur et sans une mortelle jalousie, le spectacle de la liberté naissante chez les autres peuples? Ô Suisses, telle est pourtant votre histoire actuelle!» Dans ma colère, je me pris au jeu, abusai d'une rhétorique méprisante, retrouvai les accents de Démosthène, les intonations que le théâtre m'avait enseignées, et imposai le silence au troupeau de ruminants hébétés. Je fus brillant. Je me plus. J'étais redevenu moi-même; le meilleur et le pire.

Retour dans mon auberge, je mis aussitôt par écrit ma harangue improvisée et l'intitulai *Détails sur la société d'Olten*. Je la peaufinai, l'agrémentai de quelques aphorismes bien sentis, l'augmentai de considérations péremptoires sur la liberté, l'égalité, la fraternité et, dès le lendemain, la portai chez un imprimeur. (J'ai toujours aimé laisser des traces de ce que je disais, je n'ai jamais rien perdu de ce que je faisais et je n'ai pas manqué une occasion de *m'utiliser*. Je suis du genre économe.) Cette brochure serait mon sauf-conduit pour rentrer en France et plaiderait pour moi. Elle suffit d'ailleurs aux autorités helvétiques et à la police du roi de Sardaigne pour me soupçonner d'être un député de la propagande chargé d'espionner le prince de Condé, le comte d'Antraigues et quelques fameux émigrés.

J'étais excité et affamé comme un malade qui sort, avant la date, de sa convalescence. Tout compte fait, ce séjour en Suisse m'avait été profitable. J'y avais pris des vacances et répété, à ciel ouvert, mon prochain rôle-titre.

En novembre 1790, les joues roses, le ventre plat, le mollet ferme et l'esprit clair, j'arrivai à Paris. On me félicita d'avoir encore rajeuni. Dès le mois de décembre, j'étais élu juge auprès des tribunaux de Paris. J'avais trouvé un nouveau cadre pour appliquer ma petite *Théorie de l'ambition*, dont les principes et le projet restaient les mêmes. À cet instant précis, pour la première fois j'ai vraiment pensé que je vivrais vieux.

9

Il fallait un juriste à la tourmente, et un grand dessein pour mon exaltation. En somme, la Révolution avait besoin de moi, et j'avais besoin d'elle. Ce furent, célébrés à la hâte et sans témoins, une union morganatique et un mariage de raison.

Avant de vous rencontrer, madame, en 1792, et de comprendre en vous aimant combien je m'étais fourvoyé et pourquoi je m'étais condamné, je confesse avoir connu, pendant deux années, l'ivresse du pouvoir, la rage d'agir, le plaisir d'intriguer, tout cela ajouté à un bonheur dont j'ignorais jusqu'alors qu'il pût être si jouissif et réconfortant : celui de faire le bien, de plaider pour les humbles, de travailler à la démocratie et de lutter, sans tricher, contre ma propre caste. Laquelle, d'ailleurs, accablée par mes palinodies, blessée par mes infidélités, s'empressa de me renier puis de me déshériter.

Dans le petit cahier que j'avais toujours sur

moi et où je notais, dans un sabir cabalistique que j'étais bien le seul à pouvoir déchiffrer, outre les prénoms, âges, signes particuliers de mes conquêtes (la géographie des grains de beauté, la forme des seins et aussi des pieds, la qualité et l'étendue de la toison, l'origine du parfum), les actions, les idées, et les personnages grâce auxquels je pourrais prétendre au succès, j'avais inscrit B. F. C'est-à-dire baptême du feu. Car il m'en fallait un pour inaugurer ma nouvelle carrière comme il suffit d'une victoire sur le champ pour imposer un jeune général.

Aussi bien, quand on me proposa, au titre de commissaire du roi, d'aller remettre de l'ordre dans les régions d'Alsace et de Lorraine où le clergé, sous l'influence pernicieuse du cardinal de Rohan, faisait de la résistance et les émigrés, du raffut, j'acceptai avec enthousiasme. Veiller à ce que l'on respecte des lois auxquelles on néglige soi-même d'obéir est un exercice des plus savoureux.

On me vit ainsi morigéner des moines d'un ton docte, imposer la Constitution civile à des évêques qui marchaient de biais, comme les crabes, et étaient méchamment crispés sur leur crosse, braver des foules royalistes avec ce courage que la vanité donne aux timides, et même essuyer des projectiles contondants. Je jouai l'indifférent et me haussai du col. Avant ce voyage, je n'imaginais pas que l'on pût à ce point abhorrer tout ce que j'incarnais. Un comte strasbourgeois me cracha au visage. Deux élégantes, qu'ailleurs j'eusse charmées, m'envoyèrent un bouquet de chardons. Du graillon et des cardères, ce n'était pas assez pour mon baptême. Par bonheur, alors que je paraissais à la fenêtre d'une auberge pour faire entendre la nouvelle voix de la France, un officier maladroit me blessa d'une balle à l'épaule. J'avais mal. J'étais bien. C'était la première fois que je versais mon sang bleu à la patrie.

À mon retour, un bandage savant et une mine de circonstance où devaient passer, sous une fatigue ostentatoire, le sacrifice héroïque de ma personne, de ma fortune et de ma particule, me valurent d'être acclamé au club des Jacobins et, dans la foulée, nommé commissaire du roi au tribunal de cassation, élu député de Paris et enfin, avec une écrasante majorité, président de l'Assemblée. J'étais sur la bonne voie.

Il ne me restait plus, pour assurer mon salut, qu'à renier le roi. De partout, on me pressait d'abjurer. Je n'avais jamais aimé ce gros mou, mais un reste de fierté et, je l'avoue, un peu de pitié, me retenait encore de le condamner. Je ne craignais pas que l'on jugeât ma félonie, je m'inquiétais seulement de ce que je penserais de moi. Par chance, sa fuite de capon à Varennes m'offrit les raisons auxquelles ma raison s'opposait. Louis Capet était à terre, je n'avais plus à me baisser. Je plaidai donc pour la peine capitale. Désormais, je ne pouvais plus faire marche arrière.

Je poussai alors le cynisme — il pèse encore sur ma conscience et un peu sur mon cœur —, jusqu'à réclamer avec virulence la tête de ma chère Marie-Antoinette, qui l'apprit. « Pauvre Séchelles, il était trop joli garçon pour être tout à fait honnête », aurait-elle lâché avec désabusement. D'où vient, chez moi que tout porte naturellement à la compassion, à la mansuétude, à la bonté, chez qui le spectacle de la détresse arrache des larmes enfantines, cette insidieuse faculté à faire le mal et à meurtrir ceux qui me veulent du bien ? Je ne sais. Peut-être faut-il du temps et vieillir un peu pour cesser de croire qu'on brille en blessant.

Depuis le début de ces événements, j'avais l'impression, palpitante et menaçante à la fois, de galoper à cru sur un cheval emballé qu'on m'aurait prêté et qui, dans sa course folle, eût décidé de mon destin. J'étais *emmené*. Le vent de la Révolution cinglait mon visage ; un paysage de conte fantastique défilait à la vitesse du vent ; mon équilibre était précaire et le danger, imminent. J'ignorais où j'allais, mais je savais que c'était très loin du château de Montgeoffroy et des fastes révolus de la monarchie.

J'étais prêt à toutes les concessions afin de prouver sans retenue mon allégeance au nouveau régime. C'est ainsi que je rédigeai la *Déclaration des droits de l'homme*. Avec moi, en effet, l'homme de droit offrait sa science et l'écrivain, sa plume. J'étais profitable. Je composais de pathétiques chansons patriotiques, qui plaisaient aux imbéciles. Je donnais dans la harangue partisane, le cantique sans foi, la prière païenne et l'hommage aux guerriers morts pour la patrie avec, sur fond de canonnades, un vocabulaire de prélat. Je faisais dans le pompeux, me noyais dans la métaphore et m'incarnais dans la déprécation. Toute honte bue, je bêlais, beuglais, ululais : « Ô Nature ! Reçois l'expression de l'attachement éternel des Français pour tes lois, et que ces eaux fécondes qui jaillissent de tes mamelles, que cette boisson pure qui abreuva les premiers humains, consacrent dans cette coupe de la fraternité et de l'égalité les serments que te fait la France en ce jour, le plus beau qu'ait éclairé le soleil depuis qu'il a été suspendu dans l'immensité de l'espace ! »

Car, pour frapper des esprits que je méprisais, je devais bannir de mes discours tout ce que, deux ans auparavant, j'aimais tant à travailler et soigner dans mon style : la litote, le sous-entendu, la nuance, le clair et le savant. J'étais passé, en littérature, de la musique de chambre aux fanfares militaires, de l'épinette au clairon. Et je n'en souffrais même pas.

J'écrivais, sur commande, des hymnes à la Raison indignes du talent qu'on voulait bien m'accorder. Il n'y était question que de la « nation éclairée », du « peuple magnanime », de

la « source sacrée », de la « hache de la loi », de la
« gerbe de blé », des « bouches de feu », de la
« terre chérie », de l'« urne sacrée » et des « divini-
tés tutélaires ». Coiffé de lauriers, je présidais
des fêtes grandiloquentes mises en scène par
David, conduisais des processions républicaines,
montais dans des chars fleuris, passais, de station en station, sous des arcs de triomphe de
plumes et de palmes, bénissais des statues de la
Liberté, recueillais du lait aux mamelles d'une
Nature en toc, plantais, ici ou là, de maigres
peupliers, brûlais des sceptres en bois et des
couronnes en carton, piétinais les emblèmes du
despotisme royal, nobiliaire et sacerdotal. J'avais
trente ans et des poussières, mais je me compor-
tais comme un enfant de huit.

Pour bien m'accorder au principe de ces célé-
brations, j'avais remisé au grenier mes pour-
points, mes velours et mes dentelles. Autrefois,
j'écrivais simple et m'habillais riche. Désormais,
je pérorais en couleurs mais portais un strict
habit noir qui m'eût donné un profil d'ecclésiastique, n'était le ruban tricolore que j'arborais au
cou. Sous le soleil, il évoquait la vache laitière
qui, pour avoir ruminé plus que sa voisine, a
gagné un concours de comices agricoles.

Vous voyez par là, madame, combien j'étais
passé maître dans l'art d'exhiber mes vertus et
de dissimuler mes vices. Désormais, les femmes
venaient me voir, rue Basse-du-Rempart, par
une porte dérobée ; il arrivait parfois qu'elles se

croisassent dans l'escalier, l'une défaite, l'autre pomponnée. La troupe fraîche montait au front pour remplacer, dans le petit matin, le régiment qui s'était bien battu.

J'allais travailler mes chevaux à Épône sans jamais avouer où j'allais, ni donner les raisons de mon empressement. On s'étonnait seulement, à mon retour, de mon teint rose et de mon œil vif qui ne convenaient guère à l'image que l'on se fait, à Paris, de l'homme de loi et de dossiers.

Je commandais, en secret, des redingotes de lévite de basin anglais doublées de taffetas bleu, des culottes de nankin des Indes et de casimir, des boutons et des bas de soie, des perruques, tout ce qui me ruinait, embellissait ma personne en privé et nuisait à ma fonction publique.

Enfin, madame, vous êtes entrée dans ma vie, et ce fut une autre révolution. Dès ce moment, j'ai dû mener de front une carrière politique et une campagne amoureuse. À Paris, elles ne devaient jamais interférer. Je vous sais gré, ma chère amie, de m'avoir facilité la tâche en feignant vous-même de ne vous consacrer qu'à votre cercle de jeu et de n'avoir pour moi que de lointaines et paresseuses indulgences. Cette comédie fut un succès. L'on nous prêta au mieux de l'amitié, au pis des intérêts communs Nos corps sans cesse attirés l'un vers l'autre figuraient très bien l'indifférence.

Un jour où, au Palais-Royal, l'un de vos protégés vit nos visages se frôler comme deux chats câlins, nous parlâmes aussitôt, et avec tendresse, des mérites comparés du bridon et des éperons : cela suffit à étouffer les mauvaises rumeurs. Rien donc ne devait nous rapprocher, fors cet amour des chevaux qui, sous les lustres, commandait la lassitude ou le mépris ; deux sentiments qui furent, cela vous amusait tant, notre protection rapprochée.

10

Quelques semaines après notre rencontre, j'ai reçu une longue lettre de votre fille, Émilie. Je doute fort qu'elle vous ait confié me l'avoir écrite. Elle me priait d'ailleurs de la brûler après que je l'aurais parcourue. C'est dire jusqu'où allait sa défiance à mon endroit. Je ne lui ai pas obéi. Je viens de la retrouver dans les papiers que l'on m'a autorisé à emporter ici. J'ai décidé de vous la rendre puisque l'amour filial et, m'a-t-il même semblé, maternel, dont elle témoigne, vous appartient et donnera plus de prix, je l'espère, à ce qui vous lie l'une à l'autre.

Je vous envie, madame, d'être l'amie de votre fille. Un caractère si bien trempé ne se rencontre pas tous les jours. Et sur elle, je sais que, si l'espoir vous abandonne, vous pourrez toujours compter. Étrangement, la sévérité qu'elle exprime pour l'homme que j'étais il y a deux ans me fait du bien. Jugez-en plutôt.

« Monsieur,

Vous avez, dans Paris où je fais mes débuts avec une candeur qui me protège encore du cynisme où nul n'ignore combien vous excellez, une bien mauvaise image.

Il ne m'appartient pas de juger le pouvoir que l'on vous prête et que vous avez acquis non seulement en bafouant vos origines, mais aussi en servant les bourreaux de votre caste, dont il se trouve que, fût-ce avec plus de modestie, elle est aussi la mienne.

Des nombreux récits dont on se plaît à m'encombrer depuis que vous rôdez autour du Palais-Royal et des mauvaises chansons dont on me serine, je prétends en revanche pouvoir conclure que vous êtes, en amour, à la fois volage et cruel. C'est votre affaire, et je vous avoue qu'elle me serait indifférente si le malheur n'avait voulu que vous vous intéressiez, pour la saison en cours (au-delà, ce serait trop exiger de vous), à madame de Sainte-Amaranthe.

Cette femme me tient tellement à cœur que je m'en voudrais toute ma vie de ne pas vous avoir aujourd'hui mis en garde. Car il s'agit de ma mère. Je vous l'écris sans réfléchir mais avec solennité : monsieur, ne lui faites pas de mal. Je ne vous le pardonnerais jamais.

Elle a beau paraître forte, d'aucuns disent même inflexible, et ses colères sont célèbres, je la sais trop fragile pour supporter, après ce qu'elle a déjà mille fois enduré, de perdre une fois encore ses illusions. Et, à l'observer à la dérobée, puisque aussi bien elle se refuse à toute confidence, je mesure avec chagrin combien elle vous aime au-delà du raisonnable, je veux dire au-delà de ce que vous déclarez valoir.

Il serait vain de tempérer sa fougue, ma mère étant d'une nature indomptable, mais il n'est peut-être pas trop tard pour tenter d'interrompre sur-le-champ votre conquête et vous prier, monsieur, de déposer ces armes par lesquelles, parfois, on meurt.

L'on m'explique en effet que, pour votre satisfaction, vous avez déjà beaucoup blessé. Que vous avez toujours séduit sans jamais vous attacher. Que vous avez brisé des ménages et volontiers exposé vos victimes. Que vous avez trahi votre famille sans penser seulement à en fonder une nouvelle. Que, dans la *Théorie de l'ambition*, ce recueil de poncifs et d'aphorismes sentencieux dont vous semblez si fier, vous n'avez pas craint d'écrire cette ineptie : « Il faut distinguer avec soin le cerveau femelle du cerveau mâle. Le premier est une sorte de matrice, il reçoit et il rend ; mais il ne produit pas. »

Outre que je saisis mal, monsieur, ce que vous avez pu *produire*, sinon beaucoup de vent et pas mal de grands airs, je vois par là l'estime que vous portez à notre sexe devant lequel vous vous pavanez et à quoi, surtout, vous réduisez notre esprit.

Je me demande ce que, vous qui n'avez pas *produit* d'enfants et êtes obstinément un fils ingrat, vous pourriez d'ailleurs comprendre à la lettre d'une fille aimante et aimée pour laquelle il n'existe pas au monde d'autre bonheur que celui, labile, de sa mère. Je cherche d'autant moins à vous convaincre que rien, dans votre personnage, n'autorise la contradiction et que tout, par vanité, résiste aux raisons du cœur.

Il me reste, avant que vous ne commettiez l'irréparable, à vous faire le portrait de celle que vous poursuivez de vos assiduités et à vous raconter pourquoi, si vous ne la méritez pas, elle mérite de singuliers égards. C'est à ce qui demeure de *noble* en vous que j'adresse, en guise de supplique, ce récit que je vous demande de brûler après que vous l'aurez lu.

Ma mère est née à Besançon que son père, le marquis de Saint-Simon, commandait pour le roi avec placidité. Parce que cette ville l'oppressait autant que sa famille l'ennuyait, très tôt elle rêva de voyager et de s'amuser. Elle lisait en cachette des romans et des pièces de théâtre. Plus tard, elle se

vanta d'avoir eu le privilège de « s'être enca-
naillée dans les livres ». Sa secrète aspiration
était de devenir actrice. Elle y voyait la plus
belle façon, pour une femme, d'être libre,
de plaire aux hommes sans leur être sou-
mise, de parler de soi avec les mots des
autres, de commander des royaumes imagi-
naires, d'échapper aux lois de la société et
de vivre plusieurs vies.

Quand monsieur de Sainte-Amaranthe,
lieutenant de cavalerie, demanda sa main à
mon grand-père, elle n'avait que treize ans,
et un esprit d'adulte dans un corps de
pucelle. Elle n'eut pas à accepter, la décision étant déjà prise par le marquis de
Saint-Simon, mais elle fut soulagée d'avoir
ainsi trouvé le plus sûr moyen de fuir
Besançon et d'échapper à sa parentèle.

Fut-elle aimée? Je n'en sais rien. Ma
mère ne m'a jamais parlé de mon père, qui
gaspilla notre fortune et disparut à jamais
en Espagne. Si elle ne s'était retrouvée
seule avec deux petits enfants, peut-être
eût-elle choisi d'aller plus loin encore
contre ses origines et de faire du théâtre.
Mais elle eut d'abord le souci de nous élever et de nous rendre heureux.

Nous avons grandi dans notre hôtel de
Boston, rue Vivienne, où ma mère, qui
avait connu autrefois la marquise du Deffand et admiré son art d'entretenir la

conversation de ses fidèles, tenait salon deux fois par semaine. Ce fut sa manière de jouer la comédie. Parfois, elle nous conviait au spectacle qu'elle avait, au préalable, soigneusement mis en scène. Ainsi, je me souviens du vieux Maupeou, qui continuait de vitupérer Choiseul, de Rivarol, qui ne brillait que dans la méchanceté, et de Miromesnil, qui détestait Maupeou. Ma mère aimait en effet que ses soirées fussent piquantes. On venait chez elle pour plaider, pas pour somnoler.

Les jours où elle ne recevait pas, elle s'occupait de nous comme peu de mères, dans notre monde, savent le faire. Je lui dois d'avoir découvert la littérature, la philosophie, la géométrie, l'histoire, la botanique, la gastronomie, la médecine, et tant de choses encore. Elle était intarissable, par exemple, sur la vie à la cour de Louis XIV et sur les pièces de monsieur Molière, dont elle incarnait les personnages avant notre coucher. Nous l'applaudissions.

Chaque dimanche, elle nous emmenait dans des jardins et nous racontait comment naissent les fleurs et vieillissent les arbres : « J'aurais tellement voulu vivre à la campagne, nous répétait-elle, dessiner des paysages qui n'existent pas, métamorphoser des halliers en parterres, laisser de moi une petite trace colorée et fruitée. » Quand tombait la nuit, elle nous invitait à scruter les étoiles pour nous donner une leçon d'astronomie qui se terminait toujours par un cours d'astrologie, car elle croyait au destin, et que « tout, mes enfants, est écrit là-haut ». Maintenant que j'ai passé l'âge d'apprendre, je continue de savoir gré à madame de Sainte-Amaranthe d'être à la fois ma mère, ma préceptrice et mon amie.

Elle ne nous a jamais rien caché de sa vie intime. Après la fuite de notre père et avant de faire votre connaissance, monsieur, elle a toujours prétendu qu'elle avait cessé de croire aux grands sentiments. Ma mère a connu alors beaucoup d'hommes, qu'elle n'aimait point mais qui lui donnaient du plaisir et auxquels elle offrait du divertissement. Le plus souvent, ces aventures se terminaient bien. Elle avait en effet la faculté de forcer l'amitié à survivre à la passion physique. Certains soirs, son salon était plein de jeunes gens qui l'avaient d'abord connue au lit et qui lui parlaient ensuite comme à une grande sœur. Cela créait une légère atmosphère incestueuse. Au Palais-Royal, où désormais elle règne, son attitude n'a pas changé.

Cette insoucieuse détermination dans les choses de l'alcôve, le mépris qu'elle a pour les hommes qui ne croient les femmes bonnes qu'à faire un trousseau, le regret qu'elle exprime à voix haute de vivre dans un monde où on lui eût reproché d'être comédienne et interdit de devenir médecin ou jardinier, l'énergie excessive qu'elle déploie pour n'être jamais inoccupée et feindre d'être une mondaine active, alors qu'elle est tout le contraire, lui valent de passer pour un être insensible, insolent et intraitable. Elle se donne d'ailleurs un air autoritaire qu'elle garde volontiers jusqu'à l'extinction des feux. Après quoi, à moi seule elle montre son vrai visage, celui de la tendresse, de la fragilité, du désarroi, du dénuement, un beau visage aux yeux verts d'où coulent soudain de grosses larmes d'enfant. Car il lui a manqué d'être aimée par ses parents.

Douée pour des fonctions où elle n'a pas son emploi, pour des arts qui ne brillent que dans ses rêves, pour une solitude que la société lui refuse, et sans doute trop en avance sur son temps, ma mère n'a désormais d'amour que pour mon frère et moi. Je n'oublie pas son cheval. Il la réconcilie avec elle-même, modère ses excès, calme ses regrets et, surtout, il exige d'elle le meilleur. Cet équilibre où elle se tient est précaire. Ne le rompez pas, monsieur, je vous en prie, avec vos délicatesses de bûcheron.

Vous savez donc maintenant qui est ma mère. Vous n'avez plus l'excuse de l'ignorance par quoi, d'ordinaire, vous camouflez vos méfaits. Si vous prétendez l'aimer, comme elle-même semble vous trouver une grâce à laquelle jusqu'alors elle ne croyait plus, que ce soit pour toujours. Sinon, monsieur, oubliez- la et allez jouer ailleurs votre comédie qui n'abuse que les gourgandines. Madame de Sainte-Amaranthe n'en est pas. Et elle a, dans son ombre portée, une fille qui est fière d'avoir hérité d'elle, et qui veille.

Émilie de Sainte-Amaranthe

11

Je ne vous l'ai jamais dit, je suis heureux de pouvoir vous l'écrire aujourd'hui : cette soirée, à laquelle je vous ai toujours caché avoir assisté, fut capitale.

Car nous nous serions aimés, madame, comme on s'aime à Paris, entre deux portes, à la va-vite, une coupe de vin de Champagne dans une main, la montre à gousset dans l'autre, sur la banquette rêche d'une berline, dans la pénombre d'une loge d'opéra, ou aux cuisines après le souper, se jurant fidélité sans prendre la peine d'y croire, s'installant dans la routine de la séduction et, plutôt que de se quitter selon un protocole trop pompeux, s'éloignant l'un de l'autre avec lenteur, avec douceur, jusqu'à oublier un jour, par simple négligence, qu'on s'est aimés, si votre fille Émilie, après m'avoir si durement mis en garde, ne m'avait fixé le rendez-vous qui allait, en quelques minutes, marquer votre empire et décider de ma sujétion.

Peut-être avait-elle deviné que, pour endiguer mon inconstance contre laquelle elle ne pouvait rien, il fallait me surprendre, m'en imposer. Peut-être voulait-elle me montrer, sous le maquillage et les civilités poudrées du Palais-Royal, votre vrai visage. Peut-être pensait-elle qu'un amour sans secret partagé et sans théâtre intime n'est rien d'autre qu'une liaison, une *occupation*. Je ne saurai jamais ce qui, au vrai, lui a commandé de me conduire à Versailles, où je n'étais jamais retourné depuis les événements. L'idée m'intriguait et m'amusait. Je vous savais assez folle pour improviser une partie de colin-maillard dans le labyrinthe et assez nostalgique pour déambuler, à mon bras, dans les allées d'une époque révolue, quand nos deux familles régnaient encore et portaient beau.

Lorsque je descendis de mon cabriolet, le château dormait, ce jour-là, d'un sommeil triste et sale dans le soleil républicain. On eût dit, à perte de vue, une campagne hantée, un champ de bataille sans bataille. Plus personne n'osait d'ailleurs s'y aventurer. J'étais arrivé en avance. Je pris donc le temps de me hasarder dans les jardins, où un spectacle de fin du monde me prit à la gorge.

La nature, dont Le Nôtre avait si bien su domestiquer la versatilité, s'était redéployée avec la frénésie et l'appétit du prisonnier qui vient de recouvrer la liberté. Des charmilles ensauvagées contrariaient les admirables perspectives d'autrefois, et leur mystérieuse arithmétique. Les buis, oubliés de la taille, dessinaient dans l'air de grotesques figures. Les fontaines dégorgeaient un filet d'eau noire, les terrasses pleuraient de la boue, les bassins étaient à sec. La mort avait saisi le potager du roi ; c'était un cimetière de légumes noircis sous les serres fracassées, de fruits pourrissant sur les tuteurs et les claies. Les ravissants vertugadins, recouverts d'une herbe folle et maculés de bouses épaisses, étaient devenus des champs à vaches. Des halliers épineux condamnaient l'entrée des grottes, de la mousse tapissait les bancs de pierre et le lierre dévorait la façade du château aux vitres et aux tuiles brisées.

Une fois l'art répudié et la monarchie abattue, la terre et ses alliés souterrains reprenaient donc leurs droits, plus conquérants encore d'avoir été conquis, et plus victorieux d'avoir été vaincus. Je n'imaginais pas qu'une telle œuvre conçue, depuis le plus discret salon de verdure jusqu'à la régalienne galerie des Glaces, pour défier les siècles et se moquer des hommes, pût si vite tomber en ruine.

J'entrai dans la grande écurie à la minute exacte où, sur son mot, Émilie m'avait signifié que je devais, sans que vous en sachiez rien, vous retrouver. Le lieu était froid, silencieux, et il n'y avait personne, fors des rats qui couraient sur de la vieille paille et des araignées qui avaient tranquillement tissé leurs toiles entre les barreaux des râteliers en bois blond. Mais pas de croupes frémissantes, pas de queues dansantes, pas ces soufflements des naseaux qui embuent l'air tamisé ni ces claquements de fers sur le pavé de l'allée centrale, pas cette chaleur musquée et bruyante que dégage, avant l'effort, une écurie au grand complet. Et je ne connais rien de plus triste que des rangées de stalles vides audessus desquelles sont gravés les noms des chevaux disparus.

Mes pas résonnaient sous les galeries voûtées de cet immense cénotaphe équin. Des carcasses de carrosses brûlés, des berlines aux ors volés et aux velours arrachés, des diables retournés décoraient dans la pénombre cet opéra de la désolation. Tout avait été si beau, ici, et si fastueux. De quoi les chevaux étaient-ils donc coupables pour mériter qu'on les sacrifiât à une Révolution que leur puissance servait encore à la guerre et que leurs vertus auraient pu magnifier lors de carrousels dédiés à l'Être suprême ? Quel gâchis et quelle ingratitude !

Sans nouvelles de vous, maugréant contre votre fille qui semblait s'être jouée de moi, j'allais repartir et quitter ce royaume saccagé quand j'entendis, venus d'on ne sait où, une cadence sourde, un sporadique cliquetis de gourmette, un ahan de bête épuisée. Je sortis sur la place d'armes où tombait la nuit, mais il n'y avait pas âme qui vive. Intrigué, je rentrai dans les écuries, traversai à nouveau les galeries, et me laissai guider par ce souffle de plus en plus rauque, par cette musique métallique qui résonnait, insolite et insolente, sous les arcades monacales. Par un escalier de bois, je montai à une tribune qui tremblait sous mes pieds et diffusait dans l'obscurité une vieille poussière ecclésiastique.

Je n'oublierai jamais ce que, caché derrière un pilier, je découvris alors en plongée : un cheval gris, dont la robe pommelée et le mors de bride frappé du soleil en or de Louis XIV miroitaient dans la lumière des bougies disposées en ligne sur les bat-flanc, et vous, madame, méconnaissable, tout de noir vêtue, le lampion sur la tête, bien assise au creux d'une selle de velours amarante, dessinant avec lui de coquines et savantes serpentines sur le sable.

C'était donc dans ce grand manège, dans cette cathédrale désaffectée où l'on entonnait jadis les plus beaux *Te Deum* équestres, qu'Émilie, à votre insu, avait voulu m'attirer, moi dont la passion des chevaux ne s'exprimait que par un dressage tout juste bon à épater les ignorants, des galops de vénerie et des sauts d'arbres morts, en forêt. À l'exception d'un carrousel au manège des Tuileries rythmé par les cuivres de Lully, où Marie-Antoinette m'avait convié quand je siégeais au Parlement de Paris et dont je me souvenais à peine, trop occupé que j'étais alors à me faire remarquer aux côtés de la reine, je n'avais jamais assisté à un spectacle de haute école. On m'avait bien parlé, comme d'un dieu, de François Robichon de la Guérinière, les noms de quelques écuyers de Versailles étaient même parvenus jusqu'à mes oreilles, Joachim de Lionne, le comte de Saint-Maure, Nicolas Augustin de Malbec de Briges, Vernet du Plessis, Vernet de la Vallée, François de la Bigne, les frères d'Abzac, et on m'avait initié, à l'adolescence, comme dans toutes les bonnes familles, aux lois de la grammaire équestre : courbette, croupade, pesade, ballottade, et cabriole. Mais, au fond de moi, je ne croyais les chevaux bons que pour la guerre, la poste ou le voyage ; j'ignorais, avant de vous voir, que, sous une main d'arpète, ils faisaient aussi de l'art.

De là-haut, j'observai avec soin votre cheval ibérique à l'arrêt. La longue crinière nattée, la queue tressée de rubans parme ; pour vous seule vous l'aviez donc embelli. Il ajoutait à vos prévenances une encolure en col de cygne et une croupe basse. Il vous faisait don de son *rassembler*. Dans les miroirs, suspendus au centre des deux longueurs, qui s'assombrissaient de n'avoir plus, désormais, de grands écuyers à refléter, je vous regardais épier votre irréprochable maintien et juger la qualité de votre monte, jambes droites, épaules en arrière, dos creusé et seins en avant. Le cheval était si précis et vous étiez si juste que vous avez alors déroulé une reprise dont chaque figure est gravée dans ma mémoire. J'aimais, sous cette nef froide aux échos grégoriens, ce cérémonial dont j'avais le privilège d'être l'unique confident.

Après avoir, pour saluer un public imaginaire, incliné la tête, vous avez commencé par exécuter, au pas, l'épaule en dedans préconisée par la Guérinière. Et puis vous avez enchaîné des hanches en dedans, de nombreuses transitions trot-galop, parfois quelques reculers violents pour corriger l'indocile, pour davantage l'asseoir, pour l'*obliger*, et enfin, rênes presque longues, de tourbillonnantes pirouettes. Il y avait quelque chose de bouleversant dans ce spectacle dont vous étiez l'unique héroïne et, pensiez-vous, la seule spectatrice ; dans ces efforts démesurés que vous déployiez pour parvenir au sommet d'un art éphémère qui ne se reproduirait peut-être jamais et dont, tout à votre solitude, vous ne vouliez faire profiter personne. C'était d'une grandiose mélancolie.

Je croyais pour ma part être au bout de mon bonheur quand, soudain, vous mîtes votre cheval au passage, ce trot aérien, sur les diagonales et même dans les appuyers. Majestueux et cadencé, les postérieurs engagés sous la masse, on l'eût dit monté sur des ressorts. Il bondissait à la verticale avec une telle légèreté qu'il semblait ne jamais toucher le sol. Vous l'accompagniez de haut en bas, de bas en haut, comme si vous étiez soudée à lui. Sur ce cheval que vous dominiez sans violence et qui paraissait vous offrir tant de plaisir, vous étiez, madame, d'une

109

impudeur scandaleuse. De votre bouche sortaient des ordres qui ressemblaient à des soupirs ; vous aviez l'autorité extatique. Impudique, je cherchais en vain du regard ce point invisible où, sous la soie, votre sexe caressait son garrot. C'est que je n'avais jamais vu monter les femmes qu'en amazone, sur le flanc gauche et un étrier unique, de manière un peu dédaigneuse. Chez vous, je découvrais pour la première fois ce que la position à califourchon avait de provocant et d'excitant. J'étais jaloux de cet Ibérique gris à qui vous vous donniez sans retenue. Ajoutant un interdit à un autre, vous pratiquiez avec le sourire un art contre-révolutionnaire et faisiez l'amour en bottes de cuir noir dans ce théâtre royal condamné par Robespierre.

Vous avez quitté le manège au pas espagnol. Il ne manquait que la musique. Vos murmures ravis remplaçaient les cuivres et les cordes. Rayonnante, épuisée, vous étiez en sueur et votre cheval, trempé. Jamais vous ne m'avez tant attiré. Si je n'avais pas craint de commettre dans ce lieu saint une faute de goût et de vous perdre, je vous eusse sauté dessus. Quittant mon estrade, je me suis contenté de vous suivre, de loin, jusqu'à la stalle, la seule paillée de frais, où vous avez conduit par la bride votre brûlant amant, qui vous poussait du chanfrein. Et comme si cette reprise ne vous avait pas suffi, comme si elle ne m'avait pas assez excité, vous avez pris le

110

temps de panser votre cheval, de caresser son poitrail musculeux, de curer ses pieds, vous avez même glissé la main entre ses cuisses blanchies, huilées par l'effort et, en fermant les yeux, embrassé sa bouche. C'était trop.

Lorsque j'ai quitté Versailles au cœur de la nuit, j'ai compris que je n'avais séduit jusqu'alors que des filles sans ambition, des piétonnes, des paresseuses, des amazones. J'ai su que je vous aimerais toujours, mais aussi qu'il me faudrait beaucoup de prestance, de talent, de brillant, et un peu de soumission, pour prétendre rivaliser avec celui que, sous mes yeux, vous veniez si bien d'honorer.

12

Il est vrai que l'interdit favorisait notre passion. Nous nous aimions, chez vous, chez moi, quand la ville, vos enfants, la Convention, l'histoire et le bourreau dormaient. Et nous nous retrouvions dans la solitude et la poussière du manège de Versailles quand on vous pensait en villégiature et qu'on me disait en mission.

J'ai été assez naïf pour croire que cette double vie pourrait longtemps durer. Sans doute eût-elle, à la longue, vaincu tout ce qui la contrariait si mon personnage public, d'une intraitable austérité, d'une redoutable opiniâtreté, n'avait chaque jour gagné de nouveaux titres de gloire. Souvenez-vous par exemple de ce mois de juin 1793 où, lorsque la Convention fut encerclée, j'ai conduit les députés comme un chef de guerre, son armée, et puis ordonné l'arrestation des Girondins. On m'applaudit. Plus je me grandissais, plus, sans le savoir, j'étais épié, jalousé, menacé.

Si Paris ne s'en doutait pas, le Comité de salut public, où je siégeais parmi les marbres, les bronzes et les gobelins, dans un décor royal où se fabriquait à voix basse la Révolution, le Comité n'ignorait rien, en revanche, de notre liaison. Je m'attends d'ailleurs que, pendant le procès, s'il a lieu, on l'élève à la hauteur d'une conspiration politique.

C'est, je crois, à partir du moment où l'on m'a chargé de rédiger la Constitution que, Saint-Just en tête, mes pairs ont commencé de me condamner. Ils ne supportaient pas d'avoir besoin de mes compétences de juriste, de mon aisance à écrire un texte de loi, ni de l'adresse avec laquelle je transformais peu à peu les tables monarchiques en protocole républicain alors que tout, chez moi, les indisposait : la peau lisse, le trait régulier, la main souple, la nuque fière, la respectabilité des origines, le mode de vie raffiné, une éloquence trop soignée, d'ineffaçables manières de cour et, toujours prompts à bondir sous l'emploi sévère du justicier, une irrépressible propension au plaisir, le goût de la rigolade, l'insolence La jeunesse !

Très tôt, madame, vous m'avez mis en garde, mais je n'ai pas su vous écouter. Le succès m'aveuglait. Les faux juges qui statuaient, les têtes qui tombaient et la Terreur qui grondait ne me troublaient guère plus que ne m'intriguait un décor en carton pour une tragédie de Corneille. Vous sentiez que je détonnais, je croyais être dans le moule. Une nuit, après que nous eûmes fait l'amour, tout à ma stupide, virile et crâne euphorie, je vous ai raconté la bonne blague que, le matin même, j'avais faite au Comité de salut public. Hésitant sur un article de la Constitution, semblant en appeler à une autorité supérieure et incontestable, j'avais prié qu'on allât chercher à la Bibliothèque nationale les lois de Minos. J'étais bien le seul, autour de la table, pauvre petit cénacle d'ignares, à savoir qu'elles n'avaient jamais existé que dans la mythologie grecque.

« C'est avec ce genre de canulars que vous courez à votre perte », m'avez-vous murmuré, votre exquis visage bien lové dans mon cou et votre main cherchant déjà, en le caressant, en le massant délicatement, l'endroit où ne manquerait pas de tomber, un jour, le couperet.

Le lendemain, en effet, Saint-Just, aigu comme une lame, me fit comprendre que ma plaisanterie était du plus mauvais goût. Du goût de ceux, ajouta mon indéfectible ennemi, qui « bafouent le peuple et conspirent contre la République ». Il n'alla pas plus loin dans ses menaces. Le fourbe n'aimait pas attaquer en face. Il ne mordait jamais mieux que par-derrière. Il savait que j'avais à corriger, à peaufiner bientôt la nouvelle *Déclaration des droits de l'homme et du citoyen*. Le Hérault abhorré pouvait encore être utile.

Et puis, madame, je plaisais. Dans les boutiques, où l'on vend du rêve, on m'avait surnommé l'«Alcibiade de la Montagne». Mes apparitions à la Bastille et au Champ-de-Mars, lors de spectacles commémoratifs où, juché tel un archevêque sur des estrades tendues de draps tricolores, je chantais la splendeur du peuple français devant cent mille Parisiens extatiques, déclenchaient de tonitruantes ovations.

Évidemment, ces liturgies exaspéraient Couthon, cul-de-jatte condamné à se déplacer dans une brouette poussée par un gendarme, Mirabeau, qui eût vendu sa mère pour soigner sa vérole, Marat, que la laideur obligeait non seulement aux amours tarifées mais aussi à l'obscurité, enfin Robespierre, le détesté des foules, dont le regard myope et la voix nasillarde inquiétaient ses plus fidèles complices. « Tous les disgracieux du Comité veulent votre peau, au sens propre », m'avait averti mon seul ami, Danton. Mais je ne l'entendais pas plus que vous.

Alors, quand on me confia, comme un suprême honneur, la diplomatie du pays, je ne vis pas le piège que l'on me tendait. On me faisait monter un peu plus haut afin que la chute fût plus violente. Il aura fallu que je sois enfermé dans ce pourrissoir pour saisir enfin combien grossière était la manœuvre.

Ma nouvelle charge exigeait en effet que, depuis le pavillon de Flore mais grâce à un bureau de quatre-vingts espions, rien de ce qui se tramait, se déclarait et nous menaçait aux frontières ne me fût inconnu. À mon insu, chaque rapport secret que je dévoilais au Comité ajoutait donc à ma culpabilité. Je croyais sincèrement être vigilant, j'étais dupe. Ma loyauté passait pour de la perfidie : mieux on m'informait, davantage je m'en vantais, plus mes rivaux, en toussant, en grommelant, distillaient le soupçon de trahison et laissaient accroire que je travaillais, sous le boisseau, pour l'étranger.

Un jour où, grâce aux dépêches que m'avaient adressées la veille deux de mes meilleurs agents sur le Rhin, il me semblait avoir été convaincant et clairvoyant, Saint-Just me regarda droit dans les yeux et, devant le Comité au grand complet, m'accusa de comploter contre la sûreté de la République. Je tombai des nues. Blême, sans réfléchir, je me levai et donnai aussitôt ma démission. Un silence de mort accueillit ma décision que chacun avait l'air d'attendre depuis longtemps.

Dans le désarroi et l'accablement mêlés, je me souviens d'avoir improvisé une déclaration que mes juges, déjà attelés à d'autres dossiers, à d'autres condamnés, ne prirent même pas la peine d'écouter. Je n'avais pourtant jamais été plus sincère et l'on m'observait à la dérobée comme si, une fois encore, je jouais la comédie. J'ai compris ce jour-là qu'il m'avait manqué de savoir inspirer la crainte. Il m'est arrivé de charmer mes ennemis, jamais je ne les ai inquiétés et encore moins terrorisés. Le voici, le point faible de ma stratégie, le principe qui faisait défaut à ma théorie de l'ambition. Je me suis toujours trop montré pour être menaçant. Saint-Just, lui, était passé maître dans l'art de se rendre invisible : l'on ignorait d'où et comment il frapperait.

C'était le 15 février 1794, il neigeait sur Paris, et ma voix se fondit dans l'oppressant blanc de l'hiver où ne craillent que d'immangeables corbeaux.

13

Après avoir quitté le château des Tuileries et mes accusateurs, j'ai longtemps erré dans Paris que le soleil d'hiver, indulgent, dégivrait en douceur. La ville citoyenne, réveillée par les cris des étameurs ambulants et des vendeuses de marée, était étincelante. Elle renaissait quand je commençais de m'éteindre.

Car je traînais derrière moi cette injustice qui, après avoir tué la plupart des miens, avait donc fini par me rattraper, et je ne savais pas où aller. J'avais toujours vécu trop vite. Ignorer soudain à quoi m'employer m'angoissait plus que d'être menacé. Je m'étais habitué à tenir mon destin en bride, voici qu'il m'imposait un répit dont je ne voulais pas et qu'il me laissait marcher en liberté sur les berges de la Seine. Des chiffonniers ramassaient avec leur croc des loques dans la boue et les jetaient prestement dans leur hotte. Clapotante, l'eau sombre et glaciale de la Seine m'attirait.

J'avais trente-quatre ans, davantage de désirs

que de regrets, quelques ambitions insatisfaites, des pays à découvrir, des œuvres à lire (je ne savais rien, par exemple, de Guillaume de Machaut, ni de l'abbé Prévost, je n'avais jamais ouvert le *Roman de Renart*, pas plus que les maximes de Vauvenargues ou les *Caractères* de La Bruyère, je m'étais promis, repoussant sans cesse l'échéance comme par crainte de m'y perdre, de consacrer un été à l'*Isocaméron* de Casanova et au *Don Quichotte*, de Cervantès, et j'avais réservé à la sagesse de mes vieux jours la découverte des *Méditations métaphysiques* et de *L'Éthique*, imaginant que, tel un couple d'amis étrangers, Descartes et Spinoza me tiendraient compagnie au coin du feu), mais la partie sur laquelle j'avais pris goût à régner était déjà finie. On m'en expulsait comme un tricheur qui a resquillé et a eu l'outrecuidance de s'en flatter.

En marchant, je pensais à mon père, mort en héros sur un de ces champs de bataille où, moi qui ne portais un sabre d'apparat que pour des fêtes processionnelles qui l'eussent enragé, je n'avais jamais eu le cran de risquer ma vie. Ma si dévote, si royaliste mère, dont j'avais trahi l'idéal et l'affection, qui refusait de me recevoir depuis que j'étais devenu, clamait-elle dans Paris, un « notable de la Terreur », ma mère me manquait très fort pour la première fois, comme manquent ceux que l'on a négligé d'aimer alors qu'il est trop tard pour leur demander pardon du mal qu'on leur a fait, du mal que l'on s'est fait.

119

Sous les arbres noirs et défeuillés où se pressaient des porteurs d'eau, j'égrenais tristement les noms de tous ceux qui, en un temps où la France était un royaume, avaient cru en moi et que j'avais trompés. Je voyais aussi les visages de ces oncles, ces tantes, ces cousins, que, durant ces derniers mois, j'avais laissés croupir en prison malgré leurs suppliques et leurs larmes. Et je n'osais compter les érudits de la Bibliothèque nationale et les acteurs du Théâtre-Français que, par inculture et jalousie, Robespierre avait condamnés sans que, pour défendre ceux qui pourtant m'avaient tout appris, je levasse le petit doigt. Ils formaient une cohorte ricanante de morts vivants jaillis d'entre les fosses communes et les ruines de ma vie pour stigmatiser mes infidélités et applaudir à ma chute.

J'avais été le dernier aristocrate du Comité de salut public et, ce jour-là, j'avais l'impression de promener dans Paris l'ultime visage poudré d'une noblesse révolue et d'une époque honnie. On s'écartait de moi. Je n'intriguais plus, j'inspirais la pitié. Un chien, avec un collier en or massif.

J'avais, je le sais, tous les défauts qu'on peut attendre d'un homme qui s'est préféré, qui a placé la barre trop haut, qui n'a jamais connu l'abandon de croire en Dieu ni eu l'humilité de s'agenouiller devant lui, qui n'a cherché dans l'amour que son seul plaisir, qui a voulu être célèbre quel qu'en fût le prix, et qui a vécu comme on joue, sans imaginer que la chance ne serait pas toujours dans son camp.

Et pourtant, malgré mes postures et mes impostures, mes petits calculs et mes grandes prétentions, mes infimes courages et mes vraies lâchetés, mes enfantillages, mes contradictions, mes foucades, j'y avais cru, à cette Révolution, cette folie, cette effrayante et magnifique machine conçue par des mains anonymes pour fabriquer du progrès. Lassé du règne immobile sous lequel j'avais grandi, j'avais souhaité de tout mon cœur, de tout mon esprit, accompagner ce mouvement inéluctable et, sans me desservir il est vrai, servir cette cause supérieure à laquelle je n'étais guère destiné et pour laquelle rien ne m'avait préparé.

Lavater m'avait pourtant enseigné à lire les visages, et cette Révolution avait eu, dès les premières échauffourées, ce visage canaille, assoiffé, cuivré, balafré, que je ne connaissais pas et qui m'avait très fort excité. Même si aujourd'hui elle me répudie au prétexte que je serais encore trop élégant et pas assez boucané, je ne lui déplus pas, à cette belle sauvageonne, et nous avons bien joui ensemble.

Pour ce plaisir-là, madame, c'est vrai, j'ai été capable et coupable du pire. Le 2 septembre 1792, je venais d'être élu à la presque unanimité (242 voix sur 257 suffrages exprimés) président de l'Assemblée nationale quand, sous mes yeux et avec mon assentiment puisque je n'ai pas usé de mon autorité pour m'y opposer de quelque manière que ce fût, ont eu lieu les abominables massacres de septembre. J'ai donc laissé deux cents assassins représentant, clamaient-ils, le « peuple de Paris », appliquer la justice eux-mêmes au son du tocsin.

Ils ont pillé les maisons des nobles, sont allés chercher leurs pauvres victimes jusque dans les prisons où les geôliers les leur livraient, ils ont massacré les prêtres réfractaires dans l'église des Carmes et au séminaire de Saint-Firmin, violé puis mutilé les bonnes sœurs dans les chapelles des couvents, égorgé encore des femmes à l'hôpital général de la Salpêtrière.

Quand on m'a prévenu que, à la prison de la Force, où ils campèrent pendant cinq jours, les barbares s'acharnaient sur la princesse de Lamballe, dont j'avais pourtant été l'ami, je n'ai pas bougé le petit doigt. Ce n'était pas de la peur, mais du dégoût enrobé de lâcheté. On m'a raconté ensuite qu'on lui avait coupé la tête et les seins, arraché le cœur, et qu'un monstre avait même découpé son sexe pour, hilare et bavant le sang tout chaud, s'en faire des moustaches. Pendant ce temps-là, une escouade est partie pour le Temple afin d'exhiber, au bout de piques, les morceaux de la princesse déchiquetée devant les fenêtres de Louis XVI et de sa famille. Oui, de cette terreur, de ce massacre, de ces milliers de morts innocents, je me suis lavé les mains.

M'en suis-je repenti ? Non. Je me souviens que, l'année suivante, Carrier, en mission à

Rennes, me demanda l'accord du Comité pour sa sanglante entreprise de répression et ses noyades justicières. Eh bien, non seulement je lui donnai du « brave collègue » et du « digne républicain », mais je lui répondis aussi, car telle était ma conviction : « Nous t'envoyons un arrêté qui te presse de purger Nantes. Il faut sans rémission évacuer, renfermer tout individu suspect. La liberté ne compose pas. Nous pourrons être humains quand nous serons assurés d'être vainqueurs. » *Nous pourrons être humains quand nous serons assurés d'être vainqueurs…* Vous voyez bien que je n'ai pas craint, moi non plus, d'avoir du sang sur les mains. Certaines nuits d'insomnies, effrayé par ma noblesse qui remontait à 1390 et les soupçons qu'elle pouvait attirer sur moi, je confesse que j'en rajoutais dans la férocité et l'implacable cynisme.

Allez savoir pourquoi, j'ai toujours tenu que la fin, si elle est transcendante, autorise les moyens, même les plus vils. Dès le début, j'ai su qu'il fallait bien que meurent, sous la lame, un roi, une reine et tous les innocents dont la seule faute était de porter un nom gonflé d'une particule et des habits brodés, afin que naisse l'idée, plus souveraine encore, selon laquelle les hommes sont libres et égaux.

Pour la galerie, j'en rajoutais dans la fierté et l'impertinence mais, au fond de moi-même, je vous le jure, madame, j'aspirais à être celui en qui s'incarneraient le crépuscule d'un temps très ancien et l'aube d'une ère nouvelle. Oui, j'y ai cru et j'ai accepté que l'on me caricaturât parce que mon rêve secret était plus puissant que mes satisfactions immédiates et mes devoirs apparents.

Vous m'avez dit un jour qu'il m'avait manqué de grandes visions pour devenir un grand politique; sans doute, mais j'étais armé de bonne volonté, ma nature était industrieuse, et je crois que de belles idées peuvent naître parfois du travail accompli. Et puis mon enthousiasme soulevait des montagnes. Il m'a d'ailleurs longtemps permis de résister aux calomnies.

Je n'oublierai jamais la longue lettre anonyme que je reçus le soir du 10 août 1793, après que j'eus présidé la féerie parisienne dédiée à la Nature. C'était une lettre bien écrite, qui atteignit mon âme sensible. Un inconnu avait donc pris du temps, du papier de vélin, de l'encre et une plume, pour faire mon procès. L'anonymat ajoutait à la sincérité et à la sévérité du geste. Car ce contempteur n'agissait ni par intérêt ni par forfanterie. Il se soulageait sur moi. La lettre commençait ainsi :

« Monsieur Hérault,

Que de vils factieux, d'infâmes scélérats sortis de la fange inventent et exécutent tous les crimes présumables pour se maintenir dans l'autorité qu'ils ont usurpée, c'est ce qui ne surprendra pas les personnes qui connaissent la canaille et sa férocité ; mais qu'un gentilhomme,

124

promu aux plus hautes dignités, un magistrat chargé du maintien des lois, un Hérault de Séchelles en un mot, s'associe à cette horde effrénée et la préside, trahisse son corps, assassine son roi, c'est le comble de la scélératesse et de l'abomination. »

Suivaient des menaces qui ne me touchèrent guère alors que, cet été-là, je savourais mon triomphe, mais qui devaient me hanter le jour maudit de ma disgrâce : « Le temps de la vengeance approche, ajoutait mon accusateur invisible. Le peuple, trompé de toute manière, sourit d'avance à cette justice. Le crime vous a-t-il tellement aveuglé que vous ne puissiez apercevoir votre chute prochaine ? Adieu, Hérault, avant trois mois j'aurai le plaisir de vous voir payer sur la roue le sang de votre roi et de tous les braves Français que votre délire criminel et féroce a fait immoler. »

Je peux vous l'écrire aujourd'hui, madame, jamais je ne me suis senti plus seul que lors de cette marche hagarde dans Paris où je passai plusieurs heures à suivre la charrette des condamnés. Sans doute voulais-je déjà, en la regardant cahoter, en l'écoutant grincer, apprendre à mourir.

J'ignore comment et pourquoi je me suis retrouvé, après la tombée de la nuit, au Palais-Royal. Comme à l'ordinaire, et peut-être même plus joyeusement qu'à l'ordinaire, vous receviez les hommages de quelques rescapés à l'élégance démodée avant de passer à table, où les bougies pleuraient une cire rouge. Vous m'avez vu sur le pas de la porte et vous avez compris. Sans une explication, comme si vous vous y attendiez depuis longtemps, vous avez abandonné vos fonctions, vos civilités, vos soupirants, et saisi une cape pour me rejoindre dans le froid. Il a suffi que je vous murmure : « Mes jours sont comptés », pour que vous me répondiez : « Alors, profitons-en. »

Ni vous ni moi n'avons pensé à nous enfuir à l'étranger. C'eût été possible, mais cela ne nous ressemblait pas. Vous m'avez seulement prié de passer chez vous afin de prévenir vos enfants que, pour une durée indéterminée, vous deviez quitter Paris. Il neigeait. La nuit était blanche. Le froid nous réchauffait. Les sabots des lourds mecklembourgeois trottaient sur du velours. Vous étiez blottie contre moi, au fond de la calèche qui longea la Seine jusqu'à Épône où nous arrivâmes à l'aube. De nous voir, mon vieux coq s'égosilla.

Sur mon bureau m'attendait, postée de Suisse, une lettre du cher Lavater à qui j'avais adressé, dans un ultime mouvement de vantardise, mon projet de Constitution. J'en attendais du réconfort, peut-être même de l'assentiment, elle m'accabla.

« Mon cher Hérault,
Depuis que vous avez tué et massacré votre

bon roi d'une manière inouïe et de la façon la plus despotique ; depuis que vous avez rompu l'inviolabilité qui lui était assurée ; depuis que vous n'avez pas fait attention à ses protestations ; depuis que vous agissez en inquisiteur de Lisbonne ; depuis que, le poignard à la main, vous forcez à la liberté ; depuis que vous avez introduit la guillotine ambulante au lieu de la Bastille détruite ; depuis que l'on n'ose dire et écrire tout ce qu'on a osé dire et écrire sous les rois les plus despotiques, j'ai horreur de vous entendre parler liberté. Je vous plains, aimable Hérault, sage et savant ami ; votre cœur s'est laissé entraîner par un fantôme magnifique et flatteur. J'admire votre génie ; j'aime votre cœur, je plains votre illusion. Je suis trop rien et vous êtes devenu trop grand pour que je puisse prétendre qu'une pauvre ligne de ma main ait quelque influence ou sur votre raison, ou sur votre cœur. »

De rage, ou de désespoir, j'aurais bien déchiré les feuilles de Lavater, mais j'estimais trop l'homme pour me refuser à son jugement, si cruel fût-il. Décidément, tout le monde voulait ma perte. On eût dit que, pour me condamner, mes amis et mes ennemis, qui pourtant se haïssaient, avaient pactisé. J'étais donc si détestable ?

Vous comprenez maintenant, madame, pourquoi, suspecté et critiqué de partout, je ne vous en aimais que plus d'accepter encore de m'aimer toujours.

14

Les jours qui suivirent furent les plus purs de ma vie. J'entends que rien ne pouvait les salir. Savoir que l'on va sans doute mourir exacerbe la sensibilité, éclaire les paysages d'une lumière radicale, rend presque insupportables les effluves de la terre, des bois, des fleurs, donne à chaque minute qui passe un petit poids d'éternité et, au corps qui vibre encore, une inhumaine légèreté. Les souvenirs qui nous échappaient, qui se contredisaient, sortent alors de l'ombre et se rangent en bon ordre, obéissants et rutilants, comme les soldats pour un dernier défilé en fanfare. L'esprit est désencombré de tout ce qui l'alourdissait inutilement et l'attirait vers le bas, le mesquin, le sordide. Ce qui semblait plat prend du relief; ce qui était mou se durcit.

Les chevaux, qui comprennent tout, nous donnent soudain ce qu'ils nous ont jusqu'alors refusé, une grâce, un rebondi, une rondeur, de l'élasticité, une tendre soumission, une entente parfaite que l'on croyait seulement réservée aux grands écuyers.

Le plus étrange est que même la peur, une fois domestiquée, devient une manière de plaisir. C'est une complainte douce qui appelle sans cesse à la vigilance et qui protège de ces illusions dont, à l'heure du bilan, j'avais tant souffert.

Sur le calendrier républicain, le rêve dura un mois. Il m'a semblé sans fin, comme si le monde nous avait oubliés. C'était faux, bien sûr. Le monde ne laissait pas de se rappeler à notre mauvais souvenir. La poste m'apportait chaque jour des missives de faux amis qui reniflaient avec gourmandise le fauve blessé au ressui. Ils feignaient de s'étonner de ne m'avoir vu paraître ni à la Convention, ni au Comité, ni dans les salons, et voulaient en savoir plus pour davantage cancaner là même où l'on ne me voyait plus. Je leur préférais du moins, pour la franchise et l'aplomb, de vrais ennemis, qui m'écrivaient leur satisfaction d'être enfin débarrassés de mon encombrant personnage et signaient, avec des pleins et des déliés, l'accomplissement de leur ressentiment.

Quand, parfois, cédant à l'accablement, je restais prostré dans un fauteuil, votre adorable miséricorde, qui était plus forte que mes remords, m'en tirait avec des mots justes. « Je vous connais bien, maintenant. Vous serez toujours plus lucide à votre endroit que le plus impitoyable de vos juges », me disiez-vous pour me réveiller de ma torpeur.

Sur ce ton autoritaire qu'ont les femmes en vacances quand la journée est belle et qu'elles veulent montrer leur bonheur, vous demandiez à ce que l'on sellât nos chevaux. Nous prenions chaque jour un chemin différent. Les collines et les forêts d'Épône se prêtaient à tous les caprices. À la hauteur du petit galop, entre ciel et terre, tout ce qui m'inquiétait et vous obsédait comme par miracle s'abolissait. Même la mort semblait légère. Si vous n'aviez pas été à mes côtés, à ma cadence, j'aurais aimé qu'au cours d'une de ces promenades dans la longue plaine mantoise, mon cheval se fauchât et que, en glissant, je disparusse comme j'avais vécu, trop vite mais dans l'allégresse. Cela m'eût épargné le supplice qui m'attend et cela eût été à mon image. Mais je n'ai pas été désarçonné. Les chevaux, plus loyaux et cléments que les hommes, me voulaient du bien. Vous, aussi.

Ah, que j'ai été heureux en votre compagnie pendant ces journées où nous montions en silence dans la campagne recouverte de givre ; où nous croisions, dans les champs, des paysans si obséquieux qu'ils semblaient toujours ignorer qu'une révolution avait bouleversé la hiérarchie sociale, décidé de mon sort et adouci le leur ; où nous nous réchauffions en buvant du thé brûlant devant une grande flambée ; où je vous lisais des textes érotiques en prenant une voix de confessionnal ; où, tels des enfants, nous faisions l'amour jusqu'au petit matin et dormions jusqu'à midi. Parfois, vous jouiez du clavecin pour moi, Couperin, Rameau, et parfois une improvisation qui vous rendait désabusée.

Notre amour faisait fuir les derniers rescapés d'une existence qui avait été si mondaine. Même les voisins n'approchaient plus. On visite volontiers le malheur, mais on déteste les couples heureux. Ils rendent jaloux, ils font peur et creusent le vide autour d'eux.

Quand vous vouliez me faire comprendre que ma courte vie avait été pleine, vous m'expliquiez que la vôtre avait été vaine et en rajoutiez dans la contrition : « Mes enfants sont d'un mari que j'aurais préféré ne pas connaître, ma célébrité repose à Paris sur des vertus de ménagère alors que j'ai toujours rêvé de régner par l'esprit, et j'aime aujourd'hui avec une passion qui rachète toutes mes erreurs un jeune homme qui va m'être enlevé. Comme je vous envie de ne vous être jamais ennuyé, jamais reposé ! Il n'est pas grave de se tromper pourvu qu'on se fourvoie avec ferveur. Mais ce mot-là m'a toujours été refusé. Que vais-je devenir sans vous ? » À cet instant, je pensais, sans vous en rien dire, à la lettre d'avertissement qu'Émilie m'avait adressée et à laquelle je n'avais jamais répondu autrement qu'en lui prouvant, chaque jour davantage, mon attachement à sa chère mère.

Tout votre art, madame, a été, pendant ces

semaines où j'aurais dû sombrer, de m'induire à vous plaindre et à vous réconforter, c'est-à-dire de me contraindre à m'oublier.

Au début du mois de mars, le temps se radoucit. Un soleil précoce et chaud fit sortir mes premières jonquilles sous les magnolias rosés et la pluie d'or des forsythias. Nos corps, ivres de grand air et musclés par l'amour, étaient épuisés. Nous décidâmes de rentrer à Paris. Je quittai ma bonne terre d'Épône en sachant que, plus jamais, je ne la foulerais. Alors que nous montions dans la calèche, vous m'avez prié de vous accorder un instant. Vous vouliez cueillir vous-même des fleurs, disiez-vous, « qui sécheront dans mon cœur jusqu'à mon dernier jour ». C'était, je m'en souviens, un bouquet orangé d'avant-printemps, des primevères, des hépatiques, des crocus et même quelques tulipes. Ce fut un voyage plein de parfums mais sans paroles. Nous nous étions tout dit. Je vous déposai chez vous, rue Vivienne. Quand vous vous êtes retournée sur le perron, vous pleuriez. Je mis, pour vous répondre, mon doigt sur la bouche. Dans ce baiser, je vous invitais à la plus grande discrétion.

Je passai la soirée au grand bassin des Tuileries, près de l'orangerie, seul sur le banc du treillage, à côté de la statue du *Silence*. Rentré chez moi, je relus Pétrarque. « La mort est la fin d'une prise obscure, pour les nobles âmes ; c'est un malaise pour les autres qui ont placé dans la fange toute leur sollicitude. » La nuit fut courte.

Au réveil, j'allai voir un prêtre à Saint-Sulpice.

« Vous ici ? me dit-il, ironique. Vous risquez de prendre froid...

— Ce n'est pas, mon père, parce que j'ai brocardé et combattu votre Dieu que je l'ai méprisé.

— Que lui vaut, aujourd'hui, votre visite ?

— Je pensais qu'il pourrait m'aider à croire en lui avant qu'il ne soit trop tard.

— Trop tard ?

— J'ai besoin de lui.

— Si vous êtes sincère, il vous ouvrira ses bras. Vous pouvez vous adresser à lui sans passer par moi ni par cette église. Il vous entendra. »

Le 15 mars, à trois heures du matin, des hommes en armes sont venus me chercher chez moi en vertu d'un ordre signé par les membres du Comité de salut public et du Comité de sûreté générale.

On m'a conduit ici sans ménagement. Mon premier réflexe, avant même que de vous écrire, madame, fut d'adresser cette lettre à la Convention. Gardez ce double précieusement, on a dû jeter l'original à la corbeille.

« Enfermé cette nuit dans la prison du Luxembourg, je frémis d'indignation en vous annonçant de quelle absurde et atroce calomnie je me trouve la victime. Est-il possible qu'un représentant du peuple se voie privé de sa liberté et enlevé à ses fonctions par une simple dénonciation qui ne m'a point été communiquée, dont j'ignore le lâche auteur, sans que j'aie été appelé ni entendu au Comité de sûreté générale suivant l'usage qui s'observe entre nous, et surtout suivant le décret qui charge le Comité de sûreté générale de prendre connaissance des dénonciations contre les députés?

« Cette injustice navre mon cœur. Dans quel moment suis-je arrêté? À l'époque où l'on saisit tous les conspirateurs. Serais-je donc, ne fût-ce qu'un instant, confondu avec eux par les rumeurs publiques, moi qui n'ai jamais respiré que le bonheur de mon pays; moi qui, dans toutes mes pensées comme dans toutes mes actions, n'ai jamais cessé d'être, comme je le devais fermement et irrévocablement, identifié avec la représentation nationale; moi qui devais partager l'honorable et sanglante proscription que les traîtres nous destinent à tous?

« Ô mes collègues, la seule idée d'un tel soupçon, jusqu'à ce que ma justification soit connue de la France, déchire et soulève mon âme. Incapable de trahir mes serments, les lois et la patrie, si dans ma vie j'ai commis des fautes — et quel est l'homme qui n'en commet pas? — soyez certains que mes fautes ne furent jamais que d'excusables erreurs. J'appelle en finissant le glaive de la loi sur moi ou sur mon calomniateur. Il n'y a pas de milieu. »

En vous recopiant cette lettre, je sais bien que je l'ai écrite sans croire qu'elle *porterait* ni rêver d'une quelconque absolution. Mais je voulais, mais je veux laisser une trace dans les archives de l'Histoire, qui tue sans compter et qui oublie tout, si on ne l'aide pas à se souvenir de ceux qui, même trop brièvement, ont bien travaillé pour elle.

15

21 mars 1794

Si vous ne m'avez pas aperçu derrière mes
barreaux, je vous ai vue, madame, scruter ce
matin ma fenêtre depuis les jardins du Luxembourg, et cela m'a réchauffé le cœur. Un instant,
je m'imaginais être un cap-hornier qui revenait
au port, avec la marée et ses mouettes brail-
lardes.

Hier, à votre place, sous ce platane qui
commençait de bourgeonner, ma mère semblait
vouloir, du regard, me pardonner le mal que je
lui ai fait et m'assurer de son affection. Elle
tenait le bras de Lucile Desmoulins, et il n'y
avait rien de plus émouvant que cette aristocrate
vieillissante accrochée à la femme d'un des plus
féroces pourfendeurs de l'Ancien Régime. Ces
deux ombres serrées dans la douleur offraient
aussi à la Révolution le spectacle final de son
absurdité.

Danton nous a rejoints aujourd'hui. Il fulmine. La colère l'enlaidit encore plus. On dirait un dogue affamé, prêt à mordre. Il sue à grosses gouttes, crache par terre et tourne en rond. Sa bouche noire et cicatrisée profère d'incessants anathèmes contre Robespierre. Cet homme qui prêchait la clémence, maintenant qu'il est enfermé veut couper la tête à tout le Comité. Il a exactement mon âge, on lui en donnerait le double. J'ai donc su garder la ligne. Je m'efforce de le calmer. Je joue au sage. Il me reproche mon fatalisme et vitupère mon ironie.

22 mars 1794

Quand je plaidais à vingt-cinq ans, les femmes se pressaient à mes réquisitoires. Je dois m'efforcer de plaire aujourd'hui à des hommes qui me haïssent.

Saint-Just vient de présenter à la Convention un rapport dans lequel il est écrit que je suis « prévenu de complicité avec les ennemis de la République ». Il juge d'ailleurs que je suis suspect depuis longtemps, m'accuse d'avoir détourné des papiers diplomatiques, d'être un espion des cours étrangères au sein du Comité de salut public, d'avoir rencontré à Troyes un prêtre réfractaire et, avec lui, conspué la Révolution. Il en appelle au Sénat de Rome, qui « fut honoré par la vertu avec laquelle il foudroya Catilina, sénateur lui-même ».

Pas un de ces griefs ne mérite que je m'y attarde pour l'infirmer. Tout est faux, madame, et vous le savez bien. Cette parodie d'inquisition, cette mascarade grandiloquente, ce mauvais théâtre, ce galimatias devraient me révolter, ils m'apaisent. Je ne mourrai donc pas coupable, sinon d'ambition, de légèreté et de naïveté.

Au reste, Saint-Just, décidément plus intelligent que les autres, a pris soin d'ajouter à son rapport cette note, qui est d'un fin psychologue : « Hérault était grave dans le sein de la Convention, bouffon ailleurs, et riait sans cesse pour s'excuser de ce qu'il ne disait rien. » Et plus loin : « Celui qui, parmi nous, accepta toujours avec le plus de joie le pouvoir, fut Hérault. » Voilà enfin deux reproches fondés. Mais comme le coquinisme et l'arrivisme ne sont pas encore passibles de la guillotine — cela viendra, avec les moissons —, on a fabriqué une conspiration imaginaire sur laquelle, pour laver mon honneur, j'ai exigé de m'expliquer, fût-ce en vain.

J'ai donc pris ma plus belle plume : « À l'égard des opérations diplomatiques, je n'ai rien fait de mon chef, et s'il m'est arrivé, comme à tout autre de mes collègues, de proposer quelque plan, je l'ai toujours soumis à la sanction de mes collaborateurs, et je les crois tous trop amis de la vérité pour me contester ce fait et m'accuser de les avoir entraînés dans mon opinion. En ce qui concerne les prétendues communications de plans du Gouvernement français aux gouvernements ennemis, je défie de représenter le moindre indice, le moindre adminicule capable, je ne dis pas de me convaincre, mais seulement de me faire suspecter de ces communications. »

23 mars 1794

Ce qui me manque le plus en prison, c'est la marche. J'en suis moi-même étonné. J'ignorais que mon esprit était à ce point dépendant de mon corps et combien le premier, pour se développer, avait besoin que le second se déployât. Je réalise aujourd'hui, dans l'abstinence et le confinement, que j'ai écrit la plupart de mes textes, de mes discours, non seulement en mouvement mais aussi en plein air; à mon bureau, je ne faisais que les recopier.

À la vérité, ce qui m'indisposait si fort chez Buffon, c'est qu'il n'aimait pas la vie; nous ne pouvions pas nous entendre.

Finalement, je me suis trompé sur moi-même plus que je ne l'aurais pensé. J'ai voulu être un robin, j'ai rêvé d'être un écrivain, j'ai aspiré à devenir un politique, j'ai même été un orateur et un stratège, mais, pour parvenir à l'image, sinon du philosophe, du moins de l'honnête homme dont Descartes, Spinoza, Pascal, Montesquieu, Montaigne, d'Alembert et Rousseau m'avaient donné le modèle idéal, j'ai négligé la science et n'ai travaillé que mes muscles et leurs dépendances, le geste et le maintien. Au mystère de la grâce, j'ai préféré l'exigence du métier et, au ministère de l'inspiration, le gouvernement du corps et de la voix. J'ai cru que l'on pouvait accéder à l'intelligence comme on plaît à une femme. Je me suis inventé un *caractère*, je n'étais qu'un athlète. Je méritais une mort physique. De ce que j'ai vécu, il ne restera donc rien, après la guillotine.

À ce propos, vous ai-je jamais raconté que j'avais rencontré autrefois le docteur Guillotin, et qu'il avait la mine gentille? À dix-huit ans, j'avais adhéré, par opportunisme, à la Loge des Neuf Sœurs. C'était en 1778, et le Tout-Paris s'était déplacé pour assister à l'intronisation de Voltaire par Benjamin Franklin. Après la cérémonie, une conversation sur la peine de mort s'était engagée, à laquelle participaient, dans mon souvenir, La Rochefoucauld, l'abbé Sieyès, Greuze, Chamfort et votre serviteur. « Il faut, répétait Guillotin, rendre plus humaines les exécutions capitales et, grâce à la *détroncation*, parvenir à ôter la vie dans le plus court espace de temps possible. » Un tel paradoxe, soutenu devant des gens éclairés, fit sourire ma jeunesse. « J'ai lu chez Wepfer, dans son traité de l'apoplexie, que le cerveau a besoin de l'action continuelle du cœur, ajoutait Guillotin avec conviction. Car aussitôt que la tête est séparée du corps, tout sentiment et tout mouvement meurt, même dans la tête : *omnis sensus et motus animalis, etiam in capite, moriuntur.* » Mais je crains de ne pouvoir pas témoigner demain en faveur du bon docteur, car il sera trop tard.

24 mars 1794

Desmoulins pleure toute la journée son épouse Lucile. Cet homme, que j'ai vu en juillet 1789 haranguer la foule au Palais-Royal, rédiger de féroces libelles et présider, sans trembler, aux massacres de septembre, ressemble aujourd'hui à un enfant qu'on a puni injustement. Le bougre avait donc un cœur. Je l'envie d'avoir aimé une femme, une seule, et de lui avoir été fidèle. Une passion fixe, c'est une œuvre d'art.

Duponchel, lui aussi, fond en larmes. Toutes ces mines effrayées et gémissantes m'inclinent à arborer un sourire tranquille. Je finis par faire peur. D'aucuns murmurent même que je pourrais être un agent du Comité infiltré dans cette prison pour désigner les prochaines victimes.

Somme toute, j'ai été tour à tour royaliste, jacobin, feuillant, girondin, et jamais moi-même. Fors dans vos bras, mon amour.

26 mars 1794

Lors d'un nouvel interrogatoire, ce matin, on a brandi deux lettres qui attesteraient mes efforts pour négocier autrefois avec l'Autriche l'échange de la reine. Ce sont deux vulgaires faux. Pour une fois, je le regrette. Car ma déloyauté envers Antoinette est un persistant remords. Son souvenir me rappelle que j'ai vraiment mérité l'infamante épithète de traître. J'ai mal agi parce que je savais que, de ma complaisance en faveur du pouvoir nouveau, seule la faveur populaire ferait une vertu.

Chaque fois que je me présente devant mes juges, qui m'ont déjà jugé, je réalise combien la rhétorique et l'imagination fleurie dont j'étais si fier sont devenues démodées et plaident désormais contre moi. Les temps ont changé à mon insu. La langue, elle aussi, a été bousculée. La République veut, jusque dans la grammaire, de

la concision, de la mathématique et du rende-
ment. La belle prose est tombée avec la Bastille,
et je ne m'en étais pas rendu compte. Mon
lyrisme rappelle trop les sermons d'Église, ma
pompe sent son Versailles. Robespierre, lui, ne
débite d'une voix de crécelle que des méta-
phores indigentes, et on l'admire. Je parle
comme je me déplace, en jeune beau, en héron.
J'invoque, pour ma défense, des auteurs latins
dont le greffier, qui les ignore, écorche méchamment l'orthographe et j'oublie le conseil que je
m'étais autrefois donné à moi-même : « Citer
peu et fondre toujours la citation dans le discours, de peur d'en couper le fil et de le refroi-
dir. »

Toujours, chez moi, trop de flamme, de réfé-
rences, d'orgueil, d'envie d'épater la galerie. Je
cicéronne au lieu que de sauver ma peau. Cela
pourrait être grandiose, ça n'est que ridicule.

29 mars 1794

Mademoiselle Clairon m'avait expliqué que,
pour vaincre ma timidité naturelle, je devais, en
prenant la parole, me persuader que je parlais « à
des inférieurs en puissance, en crédit et surtout
en esprit ». Cela, disait-elle, me donnerait de la
liberté, de l'assurance et peut-être même de la
grâce. Je me suis bien appliqué à lui obéir.
Aujourd'hui, chaque fois que je passe devant

mes juges, je n'ai plus à me forcer : je leur parle de haut, ils me condamnent d'en bas.

Danton m'apprend que Saint-Just se flatte partout d'avoir rédigé la *Déclaration des droits* et la Constitution française dont je suis l'auteur et dont mon écriture fait foi. Le négrier, craignant que la vérité n'ombre sa gloire, veut la mort de son nègre.

2 avril 1794

Je suis jaloux du mot qu'a eu Desmoulins ce matin devant nos Savonarole : « Trente-trois ans, l'âge du sans-culotte Jésus. » Le plus drôle est qu'il en a trente-quatre, comme moi. L'âge du sans-culotte ressuscité.

La jeune et jolie fille du marquis de Fleury, sans doute inquiète de mourir sans avoir connu les douceurs de l'amour, s'est mis en tête de me vouloir son précepteur en la matière. Je l'applique à l'éviter dans les couloirs, mais la gourgandine croit que cela fait partie du jeu. Hier soir, alors que j'allais me coucher, je l'ai trouvée allongée et nue sur ma paillasse. Elle avait fermé les yeux et serré les dents. On eût dit qu'elle se préparait à un supplice. Un reste de pudeur lui commandait des gestes dérisoires : tantôt, avec ses mains blanches et affolées, elle essayait de cacher une poitrine trop lourde aux larges aréoles couleur caramel, tantôt elle les plaquait sur son épaisse et noire toison qui frisait jusqu'au nombril. Ce grand corps adolescent qu'elle offrait et refusait à la fois était assez émouvant. J'ai eu toutes les peines du monde à la rhabiller, à la convaincre de ne pas se donner à n'importe qui, à lui prouver que je ne méritais pas un cadeau si plein, si neuf, à lui faire comprendre, madame, que j'aimais ailleurs et n'avais plus l'esprit ni la verdeur à butiner dans les buissons. Elle est partie en larmes et si déboutonnée qu'on me soupçonne de l'avoir forcée.

Décidément, des plus vieux aux plus jeunes, les pensionnaires de notre prison réveillent en moi le goût du portrait et le vain regret de n'avoir pas été un écrivain. J'aurais laissé des pages au lieu d'abandonner des discours qui se sont envolés avec l'air du temps.

Je reçois ce matin, glissés dans un in-folio, quelques-uns des crocus que vous aviez cueillis à Épône et qui ont séché. Je les caresse comme si c'étaient des morceaux de votre peau de satin. Ils dégagent une fine poussière, celle d'un bonheur à jamais perdu. Ce sont des pelures d'amour.

3 avril 1794

Dans l'ancienne grand'chambre du Parlement où je suis traîné tel un malandrin, je continue d'ironiser : « Je m'appelle Marie-Jean, noms peu saillants, même parmi les saints ; je siégeais autrefois dans cette salle, où j'étais détesté des parlementaires. » Quand j'ai exigé, pour avocat, monsieur Chauveau-Lagarde, qui défendit la reine, le président a lâché dans un soupir : « Citoyen Hérault, vous aggravez votre cas. » C'est bien ce que j'espérais.

L'abattement sied à Danton. Sa fureur est passée, il commence donc d'entrer au tombeau. Cette disposition d'esprit nous vaut de beaux entretiens. Il aura fallu l'obscurité de ce trou à rats pour que nous nous découvrions si complices. Nous parlons de Rousseau, de Voltaire, de Buffon, des femmes et de quelques festins mémorables ; dans les choses de l'esprit et du corps, je ne nous savais pas si proches.

Cela fait deux jours que, pour la première fois, une angoisse lourde et diffuse me saisit. Ce n'est pas la mort qui me fait peur, c'est d'être coupé en deux qui me dégoûte. J'aurais voulu être enterré entier. Je me suis finalement débarrassé de ce tracas en jouant au petit palet avec le comte de Mirepoix.

Je sais bien, madame, que dans ce monde où vous vivez libre et qui m'est interdit, même la fureur s'épuise. Que la haine est maintenant sans voix et la suspicion, sans suspects. Que la terre gronde. Drainée au cordeau par les exécuteurs des hautes œuvres, elle ne peut plus boire le sang qui coule à gros bouillons depuis presque cinq étés, ni digérer toutes ces têtes putréfiées, tous ces yeux désorbités, tous ces corps écimés qu'on entasse dans les profondes carrières de la plaine Montrouge et de Charenton, où les rats qui festoient m'attendent. J'imagine que les lames sont rouillées et que les fosses débordent. Paris pue la mort qui n'en finit pas de mourir. Certains matins, l'odeur fétide pénètre jusque dans cette prison.

C'est, à ciel ouvert, un cimetière entre les cippes brisés duquel l'herbe va bientôt repousser quand je ne serai plus là et la liberté oublier ce qu'elle a coûté, ce qu'elle a pleuré. Jamais l'engrais naturel n'a dû être de meilleure qualité. Lourde et fourbue comme un cheval de labour dont on a abusé sur des chemins rocailleux, ma Révolution tire donc derrière elle, dans l'aube fumante et le tintement lugubre du tocsin, ses ultimes tombereaux de condamnés expiatoires, où je vais bientôt m'asseoir sur une place encore chaude.

Écrivain sans œuvre, j'ai mis du style à m'inventer un personnage de roman auquel je me suis appliqué à ressembler et me suis donné des règles de conduite pour mieux les transgresser. J'ai flatté l'ancien et le nouveau régime sans plaire à aucun, séduit des femmes que j'ai négligées, conquis le pouvoir en tacticien des salons. Je tenais que le monde, la politique, l'ambition, l'amour, l'éloquence, la littérature, les passions sont régis par des lois supérieures si coercitives qu'il suffit de les apprendre par cœur, de s'y soumettre, parfois même de les promulguer, pour réussir sa carrière — je la confondais volontiers avec la vie. J'ai été assez naïf et assez fier pour croire que mes rivaux étaient mauvais en mathématiques et qu'ils pouvaient ignorer ces axiomes élémentaires. Les sciences exactes ont eu raison de mon esprit romantique. J'ai flétri.

Il s'en est fallu de peu que, après avoir brillé sous Louis XVI et régné sous Robespierre, charmé la reine et pris la Bastille, je n'accomplisse mon enfantin dessein : passer d'une rive à l'autre sans me retourner et fendre la tempête tête haute. Mais une dernière vague, sournoise et justicière, a noyé mes prétentions à quelques mètres seulement de la berge. Je serai un mort de plus, un des derniers, avant le coucher du soleil qui tombe sur la France moderne.

4 avril 1794

Mon amie, ma douce et tendre, voici mes derniers mots. Je prie qu'ils vous parviennent. Hier
soir, dans un silence tombal, le chef des porte-
clés a donné lecture de nos noms.

Après avoir refusé de nous entendre, selon
une dialectique qui suffit à fonder l'imposture
de notre procès, le jury, qu'écris-je, les assassins
nous ont condamnés à mort. La sentence a fait,
une fois encore, pleurer Desmoulins. J'ai dû le
morigéner. « Allons, monsieur, montrons-leur
au moins que nous savons mourir. »

Désormais, je n'ai plus peur. Cela surprend
tout le monde, ici. Je suis triste de ne pas vivre
davantage, voilà tout. Mais je n'aurais pas voulu
vieillir, m'assagir, m'installer.

Ne me regrettez pas, madame. J'aurais fait
un mauvais mari. Gardez, je vous prie, dans
votre cœur une petite place pour le jeune
homme d'Épône qui aima les livres, les chevaux, le vent, la vitesse et ne vous détesta point.
Et quand ma tête me tombera, ne vous souve-
nez, je vous prie, que de mon corps. Je l'ai bien
épuisé, il demandait sans doute à se reposer
enfin.

Vivez en paix et allez arroser nos fleurs à
Épône, où l'été sera chaud.

Je vous aime. Je n'ai, Jeanne-Françoise, aimé

que vous. S'il y a un ciel, j'en doute encore mais je voudrais le croire, et que mon cœur peut l'atteindre, il protégera le vôtre et, de vous regretter, pleurera sur vos joues en feu, ma douce et belle, des larmes de pluie.

16

Paris, le 6 avril 1794

À mademoiselle Émilie de Sainte-Amaranthe
aux bons soins de
madame la marquise d'Érouvert
château de Bois-le-Roi

Ma fille chérie,
Le couperet a tué. Mon bel ami Hérault n'est plus. Sa tête, dont je caressais la chevelure brune sur mes genoux il y a deux semaines encore, est tombée ce matin, sous un soleil impitoyable et les vivats d'une foule immonde.
Je n'avais pas dormi de la nuit, serrant sa chemise blanche contre mon cœur et suppliant Dieu, qui n'a point voulu m'entendre et que je ne prierai plus, de faire un miracle. À l'aube, hébétée, je me suis rendue à la porte de la prison du Luxembourg. J'ai attendu, au milieu d'autres

femmes éplorées, que nos hommes sortent de la nuit.

Aux premiers rayons, peinte en rouge, la charrette des condamnés est apparue dans un fracas guerrier de bois brisé et de ferraille malmenée. Danton et Fabre d'Églantine se tenaient debout à l'avant, aussi présomptueux que s'ils conduisaient une armée en campagne ; Camille Desmoulins était prostré au milieu, son buste bringuebalait comme sur une barcasse à la dérive ; et mon pauvre Marie-Jean, assis sur la banquette arrière, les mains liées, le cheveu ras, le col échancré, rêvait à je ne sais quoi, spectateur morose d'un tableau dont il semblait ignorer qu'il fût l'un des personnages principaux. Je ne l'avais jamais vu si beau, si serein, si seul.

Quand j'ai tendu mon bras vers lui, un garde m'a violemment repoussée de sa baïonnette. Je l'ai appelé, mais le claquement sec des sabots sur le pavé, le couinement lugubre des roues, les cris de la foule amassée autour du convoi et les injonctions des officiers ont étouffé ma voix, mes sanglots. Il ne m'a même pas vue lui dire, avec mes yeux, ma douleur et mon amour. Ou s'il m'a vue, il n'a pas voulu me le faire comprendre. Je ne le saurai jamais.

J'ai suivi la charrette dans Paris en courant, en trébuchant, en hurlant, en me frayant un chemin au milieu de ce peuple hilare et assoiffé de sang sur lequel Danton portait un regard méprisant et Hérault un œil indifférent. Sur le pont au

Change, un petit groupe d'excités scanda « À mort, le tyran ! » et Danton leur cracha au visage. À la terrasse du café de la Régence, David, que j'avais souvent croisé à Épône où il n'en finissait pas de donner du « cher ami » à Hérault, crayonnait la scène avec gourmandise ; Danton l'aperçut et lui cria « Valet »... Il sourit, et, impassible, acheva sa sanguine.

Pas un instant, alors que le charroi mortuaire cahotait lentement dans la ville, Marie-Jean n'a quitté son air insoucieux. On eût dit qu'il se promenait ; qu'il *visitait* ; ou qu'il revenait, fatigué, les yeux rougis, d'une longue nuit de plaisir. Rue Saint-Honoré, il sortit deux fois de sa langueur pour saluer, avec une grâce de muscadin trottinant en wiski vers le bois de Boulogne, des connaissances auxquelles il ne voulait inspirer ni admiration ni pitié, mais seulement un peu de civilité. J'étais ébaubie.

De cette effervescence populaire, de cette agitation festive où les femmes révolutionnaires coiffées du bonnet rouge n'étaient pas les moins excitées, de cette procession funèbre d'autant plus cruelle que les morts étaient encore vivants, rien, tu m'entends, rien ne semblait parvenir aux oreilles de Marie-Jean, fermées à ce qui n'était pas lui. Il contrariait, par son flegme, la curiosité du public et lui opposait l'élégance de qui veut bien mourir, mais n'accepte pas de déchoir ; de qui s'abandonne, mais ne se donne pas. « La noblesse, avait-il écrit, vient de la portion des épaules, de la longueur du col, et de son mouvement sur son pivot. » Il l'a prouvé aujourd'hui mieux que jamais.

Quand la charrette pénétra enfin sur la place de la Révolution où était dressé l'échafaud, Danton bomba le torse et fit l'Artaban. La foule le conspua, il la méprisa. Fabre tenait à peine sur ses jambes. Desmoulins pleurait. Hérault, lui, offrit son visage d'archange au doux soleil de midi et à une fenêtre du garde-meuble, où une main de femme gantée de blanc lui adressa un signe de connivence et d'adieu. J'ignore, à l'heure où je vous écris, à qui elle appartenait. Je soupçonne évidemment Adèle de Bellegarde. Le contraste était si violent entre l'homme que j'aimais et ses compagnons d'infortune que je fus soudain envahie d'un calme presque bucolique ; par son attitude, Hérault me faisait comprendre que la nature reprenait ses droits, qu'il était vain de se battre contre un ordre supérieur et que la crainte avilit toujours ceux qui prétendent y résister.

Fabre fut traîné par deux gardes comme une pauvre chose inerte, un colvert assommé. On poussa Desmoulins, qui se rebiffa, qu'on brutalisa, qui regimba encore plus, qu'on finit par gifler. Ils sont morts, l'un et l'autre, dans la panique et le désespoir, en colère. Au contraire, Hérault monta les marches avec une modestie qui surprit tout le monde et une détermination qui n'étonna personne. Danton le suivit, lourd

154

et crâne à la fois. Marie-Jean se retourna pour l'embrasser mais un assistant de Samson, le bourreau, les sépara, ce qui provoqua une nouvelle fureur de Danton : « Tu n'empêcheras pas nos têtes de s'embrasser dans le panier ! Après quoi, salaud, tu pourras montrer la mienne au peuple, elle en vaut la peine ! »

Hérault, qui aimait tant plaire, n'eut même pas le souci de trouver un bon mot qui entrerait dans la légende. Il se négligeait. Il s'abandonnait. Il *renonçait*. Lui qui avait passé sa vie à choyer sa postérité, attendait la mort en humant je ne sais quel air sucré, boisé et furtif, sur le chemin de son enfance perdue. J'ai l'impression qu'il avait déjà quitté la vie quand son corps a basculé et que la lame a tranché net son cou à la peau de bébé. Sa tête a roulé et j'ai eu le temps de voir son visage qui grimaçait, qui frissonnait, qui exprimait une douleur atroce, comme si son corps, saisi d'ultimes tressaillements, avait encore conscience du mal incroyable qu'on venait de lui faire subir.

J'ai fermé les yeux. Quand on m'a ramassée, la place était presque vide. Au pied de l'échafaud dont le couperet étincelait sous le soleil comme un miroir, des pigeons picoraient une sciure répugnante et rouge, des chiens se pourléchaient le museau.

Je suis rentrée en titubant à la maison avec, dans la bouche, un goût de métal et de sang qu'aucune tisane, aucune eau de toilette n'arrive à chasser. Je ne demanderai pas dans quelle fosse commune on a jeté le corps et la tête de Marie-Jean. Or, c'est un jeune homme entier, fougueux et tendre que j'ai aimé, que j'aime.

Il me faudra du temps avant de pouvoir lire sans défaillir la longue confession qu'il a écrite en prison et qu'un gardien, dont il avait acheté les services, m'a fait tenir hier. Il est bouleversant de recevoir, comme ultime gage d'amour, une lettre dont chaque ligne, j'imagine, appelle un écho, mais à laquelle on sait qu'on ne pourra désormais répondre. Si je venais à disparaître, sachez qu'elle se trouve dans le tiroir central de mon bonheur-du-jour en marqueterie, celui où je range tous mes regrets et qui sent l'orange d'Andalousie.

Je suis bien seule, ce soir, ma fille chérie, si seule et si désemparée que je ne parviens pas à imaginer mon avenir sans celui qui m'a rendu ma jeunesse et m'a appris à être heureuse.

Ne tardez pas trop à venir embrasser votre mère qui, dans son insondable solitude, vous attend et vous chérit.

Jeanne-Françoise-Louise Démier
de Sainte-Amaranthe

Madame de Sainte-Amaranthe, sa fille Émilie, son gendre monsieur de Sartine et son fils Lili furent arrêtés le 11 avril 1794, accusés d'avoir été des agents de la conspiration des Chemises rouges, et exécutés le 29 mai.

Monsieur de Sainte-Amaranthe, retour d'Espagne, a prié qu'on lui indiquât où sa femme et ses enfants avaient été enterrés. On ne lui répondit point, parce qu'on l'ignorait.

DU MÊME AUTEUR

Roman

C'ÉTAIT TOUS LES JOURS TEMPÊTE, Gallimard, 2001
(prix Maurice-Genevoix) (Folio n° 3757).

Récits

LA CHUTE DE CHEVAL, Gallimard, 1998 (prix Roger Nimier)
(Folio n° 3335).

BARBARA, CLAIRE DE NUIT, La Martinière, 1999 (Folio
n° 3653).

THÉÂTRE INTIME, Gallimard, 2003.

Essais

POUR JEAN PRÉVOST, Gallimard, 1994 (prix Médicis Essai;
Grand Prix de l'essai de la Société des Gens de Lettres) (Folio
n° 3257).

LITTÉRATURE VAGABONDE, Flammarion, 1995 (Pocket
n° 10533).

PERSPECTIVES CAVALIÈRES, Gallimard, 2003 (Folio
n° 3822).

Dialogues

ENTRETIENS AVEC JACQUES CHESSEX, La Dif-
férence, 1979.

SI J'OSE DIRE, ENTRETIENS AVEC PASCAL LAINÉ,
Mercure de France, 1982.

L'ÉCOLE BUISSONNIÈRE, ENTRETIENS AVEC
ANDRÉ DHÔTEL, Pierre Horay, 1983.

DE MONTMARTRE À MONTPARNASSE, ENTRE-
TIENS AVEC GEORGES CHARENSOL, François
Bourin, 1990.

En collaboration

DICTIONNAIRE DE LA LITTÉRATURE FRANÇAISE
   CONTEMPORAINE, François Bourin, 1988.
PREMIÈRE RENCONTRE, L'HOMME ET LE CHE-
   VAL, Phébus, 2001.
JARDINS D'ENFANCE, Le cherche midi éditeur, 2001.
LA RUPTURE, Pocket, 2002.

Composé et achevé d'imprimer
par la Société Nouvelle Firmin-Didot
à Mesnil-sur-l'Estrée, le 10 décembre 2003.
Dépôt légal : décembre 2003.
1ᵉʳ dépôt légal dans la collection : septembre 2002.
Numéro d'imprimeur : 66467.

ISBN 2-07-042504-5/Imprimé en France.